VIO
LÊN
CIA

FERNANDO BONASSI

VIO
LÊN
CIA

1ª EDIÇÃO

EDITORA RECORD
RIO DE JANEIRO • SÃO PAULO
2023

CIP-BRASIL. CATALOGAÇÃO NA PUBLICAÇÃO
SINDICATO NACIONAL DOS EDITORES DE LIVROS, RJ

B69v   Bonassi, Fernando
    Violência / Fernando Bonassi. - 1. ed. - Rio de Janeiro : Record, 2023.

    ISBN 978-65-5587-719-9

    1. Romance brasileiro. I. Título.

23-82485   CDD: 869.3
                        CDU: 82-31(81)

Meri Gleice Rodrigues de Souza - Bibliotecária - CRB-7/6439

Copyright © Fernando Bonassi, 2023

Texto revisado segundo o Acordo Ortográfico da Língua Portuguesa de 1990.

Todos os direitos reservados. Proibida a reprodução, no todo ou em parte, através de quaisquer meios. Os direitos morais do autor foram assegurados.

Direitos exclusivos desta edição reservados pela
EDITORA RECORD LTDA.
Rua Argentina, 171 – Rio de Janeiro, RJ – 20921-380 – Tel.: (21) 2585-2000.

Impresso no Brasil

ISBN 978-65-5587-719-9

Seja um leitor preferencial Record.
Cadastre-se no site www.record.com.br
e receba informações sobre nossos
lançamentos e nossas promoções.

Atendimento e venda direta ao leitor:
sac@record.com.br

"A revolução não é um jantar de gala; ela não se faz como obra literária, um desenho ou um bordado; ela não se pode concretizar com tanta elegância, tranquilidade e delicadeza, ou com tanta doçura, amabilidade, cortesia, moderação e generosidade de alma. A revolução é um levante, um ato de violência pelo qual uma classe derruba a outra."

Mao Tsé-Tung

1. Inserindo a localização...

É desses bairros de alto padrão, de nome estrangeiro, a que se chega precedido por batedores, em carros blindados comandados por motoristas particulares. Um tabuleiro de mansões de dois andares prensado entre encostas favelizadas e vales de casebres sem reboco. A maioria desses imóveis luxuosos, no entanto, é apenas entrevista: estão muito bem voltados para dentro dos próprios terrenos e cercados de muros por todos os lados. Os muros se desdobram, se completam, ou encavalam uns nos outros, disputando pela maior altura e grossura. Por cima de tudo isso há ainda uma renda de cacos de vidro, ou cercas eletrificadas em 660 volts, espirais de arame farpado contra o céu azul de anil. Guaritas à prova de balas e com vidros espelhados foram chumbadas nas esquinas, barreiras de ferro e concreto posicionadas estrategicamente nas avenidas, cancelas e câmeras controlam a entrada e a saída que houver em cada beco, cada viela escondida. Policiais de folga transitam em veículos paisanos de patrulha, com as luzes acesas e armas à mostra, em advertência para quem ou o que quer que seja. Têm licença para matar. E longa experiência no ramo...

Acontece que nem assim os habitantes desta região estão seguros.

2. Campanha política

Foi na época da reconstrução democrática. A mais recente. Depois dessa última ditadura. E porque era sábado, também... Três da madrugada, talvez. Quarenta graus centígrados, por certo. O homem luta contra os lençóis da cama *king size* quando a campainha toca. É uma trégua suada. Um incômodo e um alívio sair dali naquele momento, "escorrer-se" até a porta. Ele observa pelo olho mágico. No corredor há uma mulher, uma moça. O chão e paredes bordô não ajudam a definir quem quer que seja. Ele abre. É uma caricatura de puta ali plantada. Mal pintada, pouco vestida. Uma menina, uma criança.

— O candidato me mandou chupar o senhor — ela dispara.

E se põe de joelhos, e agarra na cintura do homem e lhe baixa o calção. É no corredor mesmo. Com alguma vergonha, ainda, ele recua um passo. Olha para os lados, assustado. Está longe de casa, num lugar de estranhos, morando em hotel. Pensa, se é que pensa, que é um escritor político. Ainda se considera um autor promissor também, e que faz isso por acaso, ou por necessidade, que seja.

— Só Deus sabe o quanto eu preciso de amor aqui sozinho, minha querida, mas o que é isso nos seus lábios? — ele pergunta, não sem repugnância. E indica a gosma amarela que brilha no rosto e no colo dela, da menina, à luz mortiça do corredor. É esperma. Ela não liga.

— O candidato me pagou pra chupar o senhor essa noite — insiste a criança ajoelhada diante dele, procurando pelo meio das suas pernas, mas vai ser impossível assim, ele sabe, grita:

— Não!

E pula, tentando se livrar dela.

— É que eu já recebi pra chupar o senhor! — argumenta a menina, moça, com honestidade camponesa. O homem recua mais um passo, atingido por aquilo:

— Vá para casa, por Nosso Senhor!

— Eu não posso devolver o dinheiro! — a criança, a mulher, confirma de maneira categórica, enquanto se levanta e limpa cinzas de cigarro que grudaram nos seus joelhinhos.

— Não tem problema, não tem problema — repete o homem, o autor político, com certa urgência, e vai fechando a porta na cara dela, da menina, da mulher:

— Mas o senhor vai ter que dizer que eu chupei até o fim... Não vai?

Ao que o redator, o assessor político que ainda se considera escritor, ele fala que sim, que "tudo bem", e bate a porta de uma vez, para finalmente suspirar aliviado, enquanto a menina prossegue pelo corredor do hotel, arrastando uma bolsinha a tiracolo, ajeitando a calcinha por entre as pernas, cambaleando na direção do próximo quarto.

3. Gastronomia

O tempo está próximo e os dois homens se reúnem no cômodo obscuro onde mora um deles, no fim de um escadão que penetra em noventa graus o centro da terra, que se enche de água nessa época do ano e cujas manchas na parede representam a única diversão de quem entra e olha...
"Parecem velhos mapas" — a gente pensa, quando pensa, porque se olha mais é para o chão, quando se chega no local. O teto é baixo e sem forro, com teias de bichos mortos penduradas nas travessas para o repasto das aranhas. O banheiro é lá fora, pelo menos. A pia, o único equipamento hidráulico à vista. Uma lâmpada de 60 watts estrangulada por um fio que precisa estar ligada à luz do dia, pois a luz do dia não chega naquele... neste... fim de mundo. Tem um fogão a gás num canto. E uma cadeira solitária para todos os cansados que aparecerem. A mesa e a cama de cobertas maltrapilhas. Uma casa triste do caralho, a gente sente.

— Mãos à obra! — diz o menor dos dois homens, o mais velho (pardo, 55 anos), o mais experiente e mais frustrado deles, também, o que experimentou a humilhação do serviço prestado em restaurantes, na época em que ainda acreditava no trabalho honesto. Ele pega com as duas mãos o filão de pão murcho que deixou de molho em água, na pia, numa bacia de alumínio:

— Tem gente que usa leite, mas eu sou contra — afirma.

Deixa um gosto azedo na fritura, continua, e pousa o pão molhado numa travessa de vidro com carne moída, que está em cima da mesa, diante do outro homem, um rapaz, a bem dizer, bem mais novo (negro, aproximadamente 20 anos).

— É carne de vaca — confirma, mas assegura que se tivessem um pouco de carne gorda de porco, por exemplo, o resultado seria melhor. O toque da gordura suína, fala o mais velho, mais saborosa, ainda que mais pesada, além de ajudar a dar liga no bolinho, acrescentaria-lhe perfume, volume, textura. O mais novo se desculpa que não tem nada em casa; que quando come ali é comida comprada pelo telefone, na esquina, ou roubada de alguém, de algum lugar. O mais velho finge que não ouve e lembra ao mais jovem, ao "jovem aprendiz", por assim dizer, ali sentado à mesa, que uma refeição, qualquer que seja, tem a obrigação de apelar aos mais variados sentidos do corpo humano: ao paladar, por certo, ao olfato, sem dúvida; agradar aos olhos, também, ao tato e por fim aos ouvidos, se possível...

Para o rapaz, o menino, isso não passa de frescuras. O mais velho ri, condescendente, dá de ombros, quebra um ovo por cima da mistura e volta a trabalhar. Trabalha uniformizando aquilo com diligência, pegando e esmagando aqui e ali, revirando a pasta de carne e pão entre os dedos, juntando salsinha e cebolinha picada, cebola triturada, alho moído, sal e pimenta-do-reino ao gosto dele:

— E mais nada! — exclama o velho auxiliar de cozinha, atual cozinheiro, concentrado na tarefa de esmagar e revirar até conseguir a massa que almeja. No fim, ele ainda junta umas folhas de manjericão, mais para provocar o outro, o mais jovem, o aprendiz. — Mal não faz — ele assegura, e passa óleo de girassol nas mãos, pega um punhado da mistura, enrola pequenas esferas, todas do mesmo tamanho, e as coloca lado a lado num prato de papelão:

— Hoje é um grande dia e não pode dar nada errado! Nada!

Os dois concordam, o mais velho abre o frasco de plástico e põe óleo de girassol na frigideira e a frigideira no fogo alto. Esperam esquentar bem e, com as pontas dos dedos, o mais velho coloca os bolinhos lá dentro, separados para não grudar. Lá em cima é sábado à tarde, o tempo está próximo e cada um deles não para de pensar nisso, também, fora de hora.

— Ainda é cedo, não há o que fazer além de fritar esses bolinhos e esperar... — eles sabem. Precisam ficar crocantes por fora e cozidos por dentro, mas, além disso, a cebola que fica por fora, ao queimar junto da carne, do pão, dos temperos todos no óleo de girassol, ela exala um odor penetrante e muito especial mesmo, o tal perfume que a boa comida instiga no sentido do olfato, por exemplo... Em pouco tempo o cheiro voluptuoso se espalha pelo cortiço, excitando os vizinhos e visitas:

— Não pode dar nada errado! — relembram-se. — Você tem um grande talento, rapaz — lembra o mais velho, com ares de mestre, enquanto vira e revira os bolinhos de carne.

— Não é todo mundo que nasce assim — fala isso para o outro e para si, por certo.

Depois só se ouve o chiado da fritura...

— Pronto! — sequinhos em papel higiênico, os dois homens comem muito bem e com tão bom apetite esses bolinhos fritos, que quase se esquecem da razão principal de os estarem preparando... Então guardam um par deles para o trabalho desta noite.

4. Porque hoje é sábado

Acordaram tarde. Perderam tempo. Espreguiçaram-se por todo o dia e, só agora que anoitece, a dona da casa (aproximadamente 50 anos, branca) decidiu fazer os seus exercícios físicos. Um cômodo no segundo andar foi convertido em salão de ginástica e está equipado com pesos de ferro, elásticos coloridos e aparelhos de vários tipos, como esteira computadorizada e uma bicicleta ergométrica de última geração, a preferida dela. No andar de baixo alguém trabalha na copa e cozinha, na sala de estar e de jantar, mas é apenas um ruído distante. A dona da casa seleciona o *mountain mode*, para o fortalecimento dos glúteos. Na bicicleta ergométrica de última geração se acopla uma tela de alta resolução que exibe todos os sinais vitais do usuário durante a prática dos exercícios e treinamentos programáveis, além de variadas seleções de imagens de arquivo, a que se associam os diversos graus de dificuldade oferecidos pelo equipamento. Ela escolhe a Volta da França do ano de 2005, a última das sete seguidas vencidas pelo norte-americano Lance Armstrong, de modo que os precipícios dos Pireneus se projetam e se desdobram em *looping* na tela plana à sua frente, enquanto no quintal ali embaixo finalmente alguém acende a luz, dando volume, textura e superfície à paisagem imóvel do gramado, aos móveis assinados do terraço e à piscina infinita, mais além. Isto sim parece uma pintura, ela pensa, quando pensa, porque se põe a pedalar cada vez mais rápido. E para pedalar no "modo montanha", a qualquer velocidade, para ter esses glúteos, tê-los na boa consistência como ela ainda os tem, a dona da casa precisa ficar em pé sobre os pedais, pisá-los com toda a sua força de mulher, baixar e subir, cadenciar a respiração, recomeçar, baixar e subir, cadenciar a respiração, trabalhar duro por cada trecho daqueles, galgando os Pireneus, como Lance Armstrong.

5. Assessor político

"Assessor" é um substantivo masculino com origem no latim — *assessore*. Significa ajudante, auxiliar, assistente, conselheiro, porque é alguém que assessora uma pessoa ou organiza uma determinada tarefa. Um assessor tem como função partilhar o seu conhecimento específico, desdobrá-lo em estratégias e planos, traduzindo-o em orientação e esclarecimento naquelas questões relacionadas com a prosperidade e promoção de seu contratante. Assim, o assessor político, por exemplo, é aquele que representa um homem público, zela por ele, por sua imagem, por seus interesses e os de seu partido. O assessor político, a depender de suas qualidades, é aquele que ajuda na própria formulação das ideias em debate, bem como na melhor maneira de expô-las à população. É atribuição precípua do assessor político a de promover a mais eficiente e penetrante divulgação das propostas do homem público. É nesse sentido que ele identifica pessoas e veículos formadores de opinião, exercendo sobre eles influências variadas, seduzindo ou pressionando as instâncias de poder conforme as conveniências do momento. Não é função passiva, portanto, tendo muitas vezes o protagonismo no desenvolvimento de novas abordagens do material social disponível, com vistas à ampliação de quadros partidários e do suporte financeiro de seus afiliados e simpatizantes. É desejável que haja concordância e, se possível, respeito e admiração entre os dois polos dessa relação. Normalmente o assessor político se confunde com o lobista, mas tem interesses mais amplos do que este. Não há regulamentação, nem graduação, que prepare para a especialidade, de maneira que assessorar alguém também é oferecer um serviço imaterial, de confiança. Dividindo sonhos e aspirações, a relação entre assessor e assessorado deve se pautar pela cumplicidade, mas sempre dentro da lei...

O profissional de caráter duvidoso (que pode ser encontrado nesta área, porque todas o têm), aquele que financia ou se associa ao homem público em seus projetos escusos e criminosos, corruptor ou corrupto, ele é pejorativamente conhecido no meio publicitário como "mala preta"... Aliás, existe um erro comum relativo à grafia desta expressão: a forma correta é "assessor político" e não "acessor político".

6. Mãinha da mamãe

Setenta anos, aproximadamente. Negra. É a funcionária mais antiga da família. Mais velha do que o próprio casamento dos patrões. Foi passada e repassada de mão em mão e de casa em casa como os dotes de uma herança — da avó para a mãe, da mãe para a filha e da filha para as netas, por enquanto. Já deveria estar aposentada por força da lei, mas eles dizem que "não podem viver sem ela"; imploram que ela espere, que aguente mais um pouco, mais um dia, um mês, o ano que passa depressa e pronto. Vai ficando até agora. Ela liga e não liga, conforme o dia. Também se sente amada por isso, graças a Deus. Não sabe ao certo a idade que tem, mas acumulou sobre essa gente um conhecimento preciso. Sabe a quem serve pela ordem de importância, e obedece à hierarquia. O pai, a mãe, a filha... Para a menina, foi ela quem deu a primeira papinha de frutas (mamão). Foi no colo dela, no posto de saúde, a primeira injeção que a criança tomou. Também acompanhou ao hospital num episódio de fratura e lidou com os medos e as perguntas dela na primeira menstruação. Ainda hoje arruma a mala do patrão, quando ele viaja para Brasília e para o exterior. É ela quem dá o serviço diário ao jardineiro, ao verdureiro, ao motorista. A lista de compras do mercado é ela quem dita, e de cabeça, já que a patroa esquecia das coisas mais importantes e necessárias, como material de limpeza, higiene íntima, comida de cachorro... — Essas pessoas acham que galinha nasce em saco de plástico, minha amiga! — diz e se ri enquanto conversa com a outra, a faxineira/diarista, contratada especialmente para esta ocasião, para ajudar na cozinha. Havia ajudante de cozinha e copa para o jantar daquele dia, mas era ela, "a mãinha", quem sabia onde as dores doíam, as fomes pegavam e quase todos os segredos que eles tinham. O namorado da moça, por exemplo, quando o namoro ficou sério, ela assumiu como se fosse filho seu. O filho dela mesmo andou errando feio com os amigos, mas o rapaz, o que ela diz que teve num descuido, ele disse que vai se consertar. Para ele, a mãe não passa de um burro de carga. Ela liga e não liga, conforme o dia. Também se sente amada por isso, graças a Deus, por esse filho que implora por ela, ainda que seja difícil atender a todos o tempo todo e temos que sobreviver enquanto possível... Ela pensa, quando pensa... Durante a semana, dorme na edícula dos fundos do terreno da casa dos patrões. Porque hoje é sábado, final de semana, ela acabou brigando com o filho pelo telefone, mas ficou para trabalhar assim mesmo, cozinhar a sua moqueca baiana para as visitas dos patrões. Foi a pedidos calorosos. Requisitada com agrados, afagos e muxoxos ao longo da semana, ela cedeu mais uma vez. Está fazendo hora extra, mas sabe que não vai receber nada por isso. Ela liga e não liga. Também se sente amada, graças a Deus. É a empregada mais velha de que se tem notícia entre eles, muito antiga mesmo, de um outro tempo, tanto que os seus atuais patrões pouco sabem dela. Nem o nome completo, nem o endereço residencial... Tem família? Aliás, o contador da família a mantém registrada no valor de um salário mínimo, mas ela ganha outros dois "por fora". Ainda paga aposentadoria. Não tem plano de saúde.

7. Wikipédia

Lactose, celulose microcristalina, estearato de magnésio, hipromelose, índigo carmim, povidona, amidoglicolato de sódio, etilcelulose, talco, dióxido de titânio, óxido férrico e triacetina: o flunitrazepam é um medicamento da classe dos benzodiazepínicos, utilizado para o tratamento dos distúrbios do sono, que incapacitam o melhor desempenho do ser humano e submetem o doente a extremo desconforto. Sua ação é rápida — aproximadamente quinze minutos após a ingestão de um comprimido de 1 miligrama (considerar peso e altura do paciente) — e prolongada: há registros de usuários que permaneceram por mais de setenta horas em sono profundo. A alta taxa de dependência, no entanto, recomenda sua utilização por curtos períodos (não mais de um mês, incluindo-se aí o tempo de redução progressiva). Relatam-se casos de síndrome de abstinência que geram forte irritação, pesadelos, alucinações, psicoses e outras reações paradoxais, para o que o processo de desintoxicação requererá supervisão médica e/ou psiquiátrica. Este medicamento é contraindicado para os alérgicos a benzodiazepínicos, os que apresentam insuficiências hepática, cardíaca e respiratória graves, bem como apneia do sono. Doses elevadas provocam severa depressão do sistema nervoso, podendo levar ao coma e à morte. Em determinadas circunstâncias, é possível que os sintomas depressivos evoluam para o suicídio. Normalmente associado ao álcool (que potencializa seus efeitos), o flunitrazepam também é conhecido como a droga do estupro, ou "Boa noite, Cinderela", pois causa sonolência, enfraquecimento do desempenho motor, diminuição dos reflexos, estado confusional, desligamento e amnésia anterógrada, sendo muito utilizado nos crimes sexuais por deixar a vítima incapaz de reagir.

8. Vida de artista

O escritor contemporâneo (35 anos, branco) desperta em meio a um pesadelo em que erra por labirintos de estantes. É típico dele. Parece de propósito, ainda que seja inconsciente. Agora tem que se esforçar para perceber o lado em que se encontra... É aqui mesmo, onde também há livros por todos os lados. Para o escritor, os livros tornaram a existência mágica, mas não consta que tal magia tenha contagiado a própria existência. O escritor contemporâneo pensa que foi salvo pela realidade com que sonha, mas tal coisa não existe. O que existe não foi sonhado, ou mesmo pensado por ninguém, mas é tolerado por estes que se dizem acordados como ele... Todo dia, contra o sono que insiste, ele se espreguiça. Queria continuar deitado, cultivando ócio criativo, mas é preciso separar-se da esposa que vai para o trabalho, dar rendimento aos editores, informar-se dos horrores e escrever sua coluna diária. A mulher do escritor contemporâneo, antropóloga formada, trabalha fora porque se considera emancipada.

O escritor contemporâneo também a considera a esse ponto, mas ambos sabem que precisam do dinheiro que ela recebe para se manterem à tona em meio ao pântano de sua classe social, que é média, nem mais nem menos... Acontece que, mesmo em meio a essa mediocridade, escrever, ler e até mesmo trabalhar se tornaram luxos difíceis de pagar! O que o escritor contemporâneo gostaria mesmo era vender livros aos milhões (e não às centenas, como faz) apenas para que a mulher ficasse à sua disposição, feito escrava sexual, fornicando quando e como quisesse, ao sabor de suas inspirações mais mesquinhas. Ele não lhe diz isso com essas palavras, porque seria de mau gosto para este escritor, que considera a si mesmo contemporâneo e, portanto, sem preconceitos com as minorias emancipadas... A mulher do escritor contemporâneo, antropóloga formada, 30 anos, branca, igualmente contemporânea, ela desempenha alguma atividade em que ganha 30% ou 40% a menos do que qualquer homem contemporâneo para fazer a mesma coisa. Ela lutaria contra o preconceito em tal estado de coisas, não precisasse tanto do velho estado de coisas como precisa para o que julga "sobreviverem"... Desconfia que sua emancipação apenas lhe somou outra dor de cabeça, sob a forma de uma nova jornada ao final de seus dias, quando chega exausta para as tarefas do lar, malfeitas pelo escritor contemporâneo, que as desconsidera. Ela não diz nada disso ao escritor contemporâneo, já que não seria de bom-tom para uma mulher contemporânea e emancipada, que também trata a casa com algum desprezo. O certo, por mais errado que pareça, é que, quando se deita na cama desarrumada, o único gozo que esta antropóloga formada deseja usufruir é... dormir: boa noite, amor, hoje não. Amanhã tem festa!

9. Prostituição infantil

Foi o pai quem a levou a primeira vez. Era amigo e credor dele. Criança de tudo, pensou que fosse médico. Quando entendeu o que se passava era tarde demais. Não quis decepcionar o pai também. Esperou que terminasse, que terminassem. Essa e as outras vezes. Aprendeu a fazer a alma deixar o corpo, flutuar para fora dos cômodos, enquanto se virava. Não é que ela desse assim.

Tomavam dela. O pai, o irmão, os outros: namorados, proprietários, patrões... Trabalhou no Posto do Estadão chupando pau a dez reais. Chupou gente importante da imprensa, da polícia e da política. Por trinta reais fazia o que soubessem das sujeiras. Tinha nojo, mas a tudo se acostuma. Trinta anos, aparentando 45, negra, perdeu metade dos dentes no crack. Encontrou Jesus e o marido numa mesma pessoa, quando visitava parentes na cadeia. Ele, 40 anos, negro, era pastor e pregava sozinho no pátio, coitadinho. Pregava com tanto amor e esperança que tocou o coração dela, que já não esperava nada de ninguém. No passado, ele também não prestava. Feriu, roubou, matou. E foi polícia. Tem três imagens de Nossa Senhora tatuadas nas costas que, agora, protestante, ele renega. Ainda na prisão, montou sua primeira igreja. Confortou os aflitos, que não faltavam. Fez fama. Recebeu doações e ofertas de gente mais desgraçada do que ele mesmo e viu nisso a presença de Deus. Pagou parte da pena. Ganhou o benefício do regime aberto, para continuar sua obra nos confins da cidade, no terreno da casa dela, onde está construindo templo novo. Imagina alguns luxos até. Pretende pôr azulejo em tudo, mandar escrever um salmo na parede, o nome d'Ele em néon, quem sabe, e, assim que possível, vai entrar na prestação do sistema de som e de um púlpito de acrílico. Comprometido com a palavra e só com a palavra, ele vive bem menos dos dízimos que arrecada e cada vez mais das pequenas porções — que ele diz emprestadas — do salário da diarista. Ela não liga. Depois de ter visto o inferno, esta porcaria toda até parece um paraíso, pensa, quando pensa, porque precisa sair para procurar emprego todo dia. Mesmo no sagrado descanso dos sábados e domingos... É diarista, entendam bem, e, segundo os dicionários, trata-se da empregada que não tem salário fixo, ganhando apenas pelos dias trabalhados. Mas é também um substantivo dos dois gêneros, e designa o que ou quem faz parte da redação de um diário. Um escritor contemporâneo, um jornalista, por exemplo.

10. Últimas providências antes da chegada das visitas

Sábado, 19 horas, o tempo está próximo e a dona da casa terminando a sua série de montanha na bicicleta. Os Pireneus ficaram para trás, os Alpes ficaram para trás, Saint-Étienne, Corbeil-Essonnes e o líder do pelotão avança em triunfo sobre Paris. É a vigésima primeira e última etapa da competição e como se a cidade fosse o quintal de sua casa; como se ele fosse um ditador alemão a passeio, um conquistador invencível que viesse vistoriar os seus domínios consagrados. Num clímax emocionante, uma derrapagem espetacular provoca um *strike* de todos os corredores da equipe US Postal/Discovery Channel — à exceção dele, é claro, Lance Armstrong, que continua pedalando, pedalando, colado à máquina colada no asfalto. — É um milagre! — exultam os comentaristas e competidores naquele momento. Naquele momento chove e para, chove e para enquanto Lance desfila pela Champs-Élysées já como um vencedor, a bem dizer, e muito antes da linha de chegada. Lá ele recebe cumprimentos julgados merecidos, naquele momento, um gole de champanhe, um beijo da mulher. Sobe no lugar mais alto do pódio com os três filhos pequenos, numa imagem que ficaria guardada para sempre nos corações e mentes, não fosse o escândalo de doping de Lance Armstrong e da equipe US Postal/Discovery Channel (descoberto algum tempo depois de suas sete vitórias consecutivas), mas, no dia 24 de julho de 2005, o que ele faz é uma declaração de amor ao ciclismo e ao espírito esportivo embutido naquele grande evento.

A dona da casa desliga a bicicleta ergométrica de última geração. A TV de tela plana se apaga com um sopro e um apito. Lance esvanece. Ela está suada, se despe deixando ali mesmo o agasalho esportivo, a roupa de baixo que pisa antes de sair da sala de ginástica. Ela se dirige ao quarto do casal, agora, que fica do outro lado do imóvel. Ali está o seu marido, o Proprietário, dono da casa, 55 anos, mais ou menos, branco de pele bronzeada, que sai respingando da banheira. Este é um casamento funcional, sob vários aspectos, nós vamos ver. E também por isso o marido, o dono da casa, ele observa com lascívia os movimentos da mulher em direção ao box do chuveiro. A mulher, ao notar que é observada, desfila para ele. Ele gosta do mau cheiro dela neste momento. Ela entra no box, liga o chuveiro e aguarda. Ele entra em seguida e, sem maiores cerimônias, cola-se ao corpo dela. Pega, belisca e aperta até machucar. Ela reclama, mas não larga, não foge daquilo. Aliás, ela se afasta, mas é só para tomar o impulso de volta ao corpo dele, em quem se gruda, se encaixa, ela também. Ela sente o membro do marido guardado entre as suas pernas, ricocheteando pelas suas nádegas. Caem gotas mornas nos seus olhos, como se chovesse e parasse, chovesse e parasse. Usando as duas mãos, o marido abre o par de coxas dela até lhe expor a flor peluda da boceta. Aponta o pau e logo se mete ali dentro. Está tudo muito bem úmido e lubrificado e já se conhecem os caminhos. Ele arremete contra ela, que bate na parede de azulejos e volta, como sempre. — Tomou pílula? — ele pergunta, sussurra em seu ouvido, mas ela só abaixa a cabeça, concordando. Ele goza dentro dela, de qualquer jeito. Para a esposa, não deu tempo de nada. Ela segue para o banho, ele para o closet. Diante do espelho, escondido, ele avalia o estado do seu corpo. Levanta um braço, sopesa um músculo, umedece um mamilo até ficar duro, ele sim. O membro está saciado, ou flácido, ou morto, que seja. O prazer dura pouco, ele pensa, quando pensa, porque desiste de pensar nisso, neste momento. Ele se enxuga mal e atravessa respingando e deixando pegadas pelo closet. Escolhe e combina calças com camisas e camisas com suéteres, buscando o melhor resultado estético possível para esta noite. Ele tem a pretensão de algo que junte descontração com o respeito necessário a quem pretende impor a sua vontade, ainda que suavemente. Ficou pelo clássico, nos tons e meios-tons de azul, combinados com preto. Lá embaixo, na cozinha, a velha empregada feita hoje cozinheira, ela coloca para fritar no azeite de dendê, em panela de barro, o alho socado com uma pitada de sal marinho e alecrim seco. É possível ouvir o barulho chiado no bairro em silêncio. Essa é apenas uma das várias panelas coordenadas por ela, a empregada de estimação desta família. Na sala que se abre para a piscina, a segunda empregada, a diarista contratada por este dia, ela também uniformizada, põe a mesa para quatro comensais. A mesa é posta com requintes de etiqueta. Um carrinho com frutas e bebidas brasileiras está por perto. Copos, balde de gelo, instrumentos adequados para o que for preciso. Quadros modernos nas paredes. Esculturas modernas em mesas de canto. Toca bossa nova não se sabe de onde. Um barquinho, um banquinho, um violão. Na estante, em destaque, troféus de competições esportivas amadoras e prêmios do mercado publicitário, no ramo do marketing eleitoral.

11. Ocorrência memorável

Já era cabo quando participou da operação de guerra desfechada pelo seu antigo batalhão da Polícia Militar no Hospital do Servidor Público, evacuando funcionários terceirizados de diversos níveis, doentes em estado grave e reduzindo ao mínimo necessário o pessoal técnico autorizado a permanecer no andar, antes do pouso do helicóptero de prefixo GOV/001, para que o próprio senhor governador do estado à época desse entrada no recinto do pronto-socorro, em coma alcoólico e parada cardíaca por overdose de cocaína, dado como morto pelos secretários da Saúde e de Justiça nos bastidores de uma festa surpresa patrocinada pela indústria farmacêutica. Foi ressuscitado com sucesso pela equipe médica de plantão, especializada em emergências desse tipo, mantida no estrito cumprimento do dever sob a mira das armas do seu batalhão da Polícia Militar por seis horas extras ininterruptas não remuneradas. O tratamento prescrito foi supervisionado por parentes e guarda-costas fortemente armados, eles também preocupados com o futuro clínico daquele homem público e de sua própria situação no governo. Um a um, os médicos, enfermeiros e até eles próprios, os policiais que atenderam a ocorrência, foram colocados no corredor do necrotério — e convidados, por um assessor muito bem-vestido, todo em tons de azul, e mal-encarado, a esquecer para sempre o incidente que haviam presenciado e sobre o qual, de certa forma, influíram.

— Obrigado — ele até agradecia. — Mas esqueçam — emendou em seguida. Enquanto isso, guarda-costas portando metralhadoras deixadas à vista queimavam os prontuários e frascos consumidos, tudo de maneira ostensiva, em latões de lixo hospitalar, aos quais adicionavam grandes quantidades de material químico inflamável, para que não restassem dúvidas de que, havendo qualquer dúvida sobre aquilo que ocorrera, não haveria prova concreta de sua existência, que tudo pareceria a fantasia de um escritor ruim, fracassado... Ainda assim, e de todo modo, ele ameaçava: estariam de olho nos nossos movimentos dali em diante. Nomes e números de registro foram anotados, recomendações foram refeitas, e com insistência, sobre o valor do silêncio e do esquecimento. Acontece que o governador do estado terminou reeleito, agora quer se candidatar à Presidência da República e o cabo em questão acha que o azar foi seu. Já era cabo e aí permaneceu por todos esses anos. Tem certeza de que foi preterido nas promoções pelo azar de estar associado a uma ocorrência daquelas, com gente daquele tipo. Não pelo fato de ser negro.

12. Ocorrência memorável II

Ganhou a confiança do atual candidato à Presidência da República num episódio do passado envolvendo o uso de cocaína. O então governador do estado, tenso, recém-empossado, estressado e gemendo de dor no peito tombou na sua frente num evento privado da indústria farmacêutica. Com a sua experiência de assessor político na campanha (comprador ele mesmo da substância química solicitada com insistência pelo candidato), já sabia do que se tratava e em ato contínuo passou a socorrê-lo. — O coração dele parou! — avisou logo aos outros secretários de governo ali presentes, que recuaram, não sem repugnância pela morte alheia. Ele não. Fez massagem cardíaca, respiração boca a boca e, por esse empenho, o então promissor governador daquele estado brasileiro voltou à vida, ressuscitou diante de todos. A arritmia permanecia, no entanto. Entendendo perfeitamente a gravidade da situação, o assessor político convocou os demais secretários, assessores e guarda-costas a focarem no sigilo do fato e no transporte do candidato a um hospital aparelhado, o quanto antes. Chamou o helicóptero estacionado no palácio do governo, exigiu vaga na UTI nível A mais próxima e foram deslocados para o Hospital do Servidor Público. Ali, uma equipe de plantão especializada em overdose lutou durante seis horas até estabilizar um homem jovem ainda, trabalhando com empenho, bloqueadores mistos e respiradores artificiais. Em seguida, médicos, enfermeiros e o aparato de segurança que atenderam ao paciente foram colocados no corredor do necrotério. O assessor em questão apareceu diante deles, agradeceu o empenho e os convidou a esquecer o que havia acontecido. Homem de marketing e propaganda, ordenou que, nesse momento, em paralelo, os guarda-costas queimassem, à vista de todos, os documentos, prontuários e frascos de remédios utilizados no tratamento. Que o fizessem de maneira ostensiva mesmo, exibindo suas armas de fogo, por exemplo. Para que não restassem dúvidas... ou provas do ocorrido. De maneira que pareceria a fantasia de um escritor contemporâneo vagabundo, fracassado.

13. Condicional

Fórum central. Vara de execuções penais. O farfalhar de teclados, impressoras e arquivos. Ferrugem. Poeira. Papelada. O calor empurrado de um lado para o outro por dois ventiladores cruzados. O rapaz e o funcionário. Um balcão e um processo aberto entre eles.
— Ainda residindo com a mãe?
— Mais ou menos, senhor.
— Como assim?
— Como assim que a minha mãe trabalha fora, dorme no emprego. Eu mal vejo ela, senhor.
— Lamento.
— Sim senhor.
— E os seus irmãos?
— Sou filho único, senhor.
— O endereço continua à Rua Projetada, número 123?
— Sim senhor.

— Todo mundo que vem aqui mora numa "Rua Projetada"! Que diabo significa isso?
— Não sei não, senhor.
— É importante conhecer a razão das coisas, sabia?
— Não senhor.
— Tudo tem uma razão: os fenômenos naturais, o avanço da História, os feitos da humanidade... Daí, os nomes também têm razões.
— No caso da rua, pode ser porque não tem asfalto, nem luz, nem esgoto. É mais uma coisa que vai acontecer, mas ainda não foi... Quer dizer: mais ou menos.
— Não creio que seja por isso.
— Sim senhor.
— O senhor está duvidando de mim?
— Não senhor.
— Você está trabalhando?
— Sim senhor.
— Está me dizendo a verdade?
— Como essa luz que nos ilumina, sim senhor.
— Essa luz que nos ilumina nasce todo dia.
— Não sei não, senhor.
— Deixemos a filosofia de lado.
— Sim senhor.
— Quer dizer que o senhor está trabalhando, então?
— Se o senhor quiser que eu jure, eu juro, senhor.
— Não é necessário. Trabalha onde?
— Vendas. Autônomo, senhor.
— Vende o quê?
— Uma porção de coisas, senhor.
— Como assim, "uma porção de coisas"? Tem que ser "alguma coisa".

— Rifas e carnês.

— Pode-se saber do quê?

— Fogão, geladeira, carro, viagens, micro-ondas... Tem de tudo.

— Ah! E as pessoas lá ganham essas coisas?

— Eu mesmo não conheci ninguém não, senhor.

— E esses que não ganham?

— No caso dos carnês, recebem o dinheiro de volta com juros, senhor.

— Aposto que esses juros são inferiores aos praticados no mercado financeiro...

— Isso eu não sei não, senhor. Mas se é o que o senhor diz...

— Não sei de tudo, não. Mas, embora autorizados pela legislação, esses expedientes incomuns me cheiram a arapuca, uma armadilha para o engodo de inocentes, compreende?

— Sim senhor.

— Quer dizer que tem gente que acredita nessas coisas?

— Muita gente, sim senhor...

— Vamos de mal a pior.

— De mal a pior, sim senhor...

— O senhor por acaso não voltou ao comércio de entorpecentes, voltou?

— Não senhor, nunca, pelo amor de Deus!

— Vamos deixar a religião fora disso, mas seria bom arrumar um emprego melhor do que este...

— Um emprego melhor, sim senhor.

— Eu preferiria que você não repetisse minhas frases.

— Sim senhor.

— Quer dizer que está se reintegrando?

— Sim senhor.
— Não precisa me chamar de senhor a cada coisa que diz...
— Sim s... sim.
— Então até o mês que vem, se Deus quiser.
— Se Deus quiser, sim senhor.

14. Profissionalismo

— Assalto sério hoje em dia custa caro — ensina o cabo ao motorista da viatura. Um negócio totalmente terceirizado, como dizem os especialistas. Tem a turma da campana, que levanta os dados materiais, pessoais e topográficos da ação. Os cérebros, que tabulam e processam essa informação, planejando cada detalhe. E os que financiam a operação, mas não aparecem — gente de bens comprando cotas de futuros resultados num empreendimento. — É um investimento como qualquer outro. Não uma questão de moral — ele, o cabo, reage quando o soldado motorista se insurge indignado com aquilo. É preciso todo esse dinheiro, sim, para que os malditos dos malandros puxadores contratados encontrem, no tempo certo, os veículos solicitados para o deslocamento dos valores arrecadados e a fuga dos demais meliantes, que será coordenada e dirigida por pilotos experientes em outros assaltos, profissionais remunerados em geral a preço fixo.

— E com um cachê bem salgado! — como se propaga no meio artístico. Isso sem esquecer, é claro, dos armeiros freelancers, que alugam os utensílios e ferramentas adequadas, com garantias de fábrica, peças de reposição e toda a munição que vai ser utilizada pelos trabalhadores/assaltantes na linha de frente, numa iniciativa de caráter empresarial, inteligência logística e engenharia financeira. De modo que, sem o devido aporte de capital, assegura o cabo, o negócio do crime está fadado ao fracasso. Como nesta ocorrência, por exemplo.

15. Gastronomia II

A cozinha, meio metro aterrada no jardim e virada para os fundos da casa, tem portas de vidro e um exaustor para o alívio dos vapores e calores, mas ainda assim é uma caixa de concreto abafada. Tornou-se agora o reino do caldeirão de barro da velha bruxa, a empregada cozinheira, porque hoje é sábado, dispensada dos seus afazeres habituais como arrumar camas, recolher o lixo, as roupas abandonadas nos caminhos, lavar e passar, limpar e arejar e eventualmente encerar e lustrar os ambientes, além de cozinhar, conforme o combinado. É o combinado e ela gosta de respeitar. Um serviço pesado, sim, e por isso ela acha orgulho no que faz... Mas hoje não, hoje é um dia diferente.

Será um dia diferente para ela, a cozinheira, para a outra, a sua, digamos, "assistente de cozinha", e para todos os que entrarem naquela casa até o amanhecer, o tempo está próximo, mas ainda não chegou e a maioria deles não tem como adivinhar...

O que se sabe mesmo é que a empregada velha tem mãos de fada, que é considerada a rainha da moqueca baiana. Assim, atraído pelo feitiço da fritura do alho socado no pilão de pedra com o sal do mar, com o alecrim seco que veio de Miami, ou Gênova, o cachorro monta guarda além do vidro, onde pode observar o movimento e aspirar o perfume da poção mágica pelos vãos da porta. Baba um fio de laca grudento que toca e empoça no chão, sem quebrar. A cozinheira dá conta de sua presença, vigiando o azeite e o alho para não se queimarem, põe o camarãozinho pelado para dar aquela breve tostada, uma selada que seja, e logo juntando a cebola e o tomate bem picadinhos, as três cores de pimentão, todos cortados em rodelas largas, mas sempre conversando com o cachorro. Fala mais com esse bicho de estimação do que com o seu próprio filho biológico — no começo porque tinha que deixar o menino para trabalhar nesta casa, agora porque, além de trabalhar nesta casa, o rapaz mesmo tem, e muitas vezes prefere, a companhia dos amigos, da namorada... Com isso a cozinheira despeja um copo de água para não pegar no fundo da panela. É ruído que cresce até que ela torna a tampar. E, ao lembrar do filho, dos amigos e das namoradas que eles tinham, a cozinheira pensa, quando pensa, que ninguém é perfeito, ou que tudo é perfeito na sua imperfeição. O cão insiste com as patas dianteiras, força nas entradas conhecidas, uma das folhas das portas de vidro por fim cede e ele ganha a cozinha. Implora pela comida que exala, subindo pelas pernas da mulher. Lambe-se. Baba sobre si mesmo. Ela o lembra com carinho que ele está gordo, que precisa fazer mais exercícios, que deve manter a dieta para ficar bonito e saudável e que já tinha comido por aquele dia: agora só amanhã cedo, se Deus quiser. É um cão de porte médio, está fora de peso, segundo o veterinário contratado, mas ainda é musculoso. Com a sua força, ele empurra a cozinheira, que cambaleia enquanto ri. Ela volta à beira do fogão para cumprir com a receita, interrompe a quentura com mais meio copo de água, criando um molho brilhante e colorido, perfumoso e denso. Ali, como se pousasse uma criança dormindo no berço, ela vai deitando as postas de badejo que comprou ela mesma, ontem cedo, sem se preocupar com o preço, só com a cor, com a beleza rósea e aquele frescor da carne morta há pouco tempo. Tampa a panela de novo. O cheiro sobe, desce. O cachorro inspira deliciado. Ele considera a cozinheira, a velha empregada, como a sua verdadeira dona. É ela quem o alimenta, quem limpa os seus dejetos, quem lhe recompensa com petiscos, dá banho e tosa. A dona da casa é quem passeia com ele, mas... E assim se vão os dez minutos de cozimento necessários para que ela adicione o leite de coco e por cima o coentro. Deixa misturar o conteúdo fechado neste ambiente, calentar-se; então mais um pouco de água para criar o caldo do prato pronto e um tanto para fazer o pirão, com a farinha de mandioca importada do Recife, Pernambuco.

Na sala de jantar, a diarista hesita com a posição dos garfos de entrada e sobremesa. Não lembra o que lhe disse a patroa. E começa a duvidar de tudo: é de fora para dentro ou de dentro para fora? Não lembra, e sai para perguntar o mais certo para a mais velha, na cozinha. A cozinheira empurra o cachorro esfomeado para o quintal, fecha a porta depressa e faz um prato para a diarista. Ela não tem fome quando cozinha, o que é quase sempre, mas pega um pouco do que fez. Comem as duas juntas antes do jantar, conforme sugeriu a dona da casa: "Assim ficam livres para servir."

O tempo está próximo. A velha empregada, esta que se considera "a rainha da moqueca", ela nunca foi à Bahia. Serve-se com arroz branco.

16. O mercado do trabalho

Empresa em expansão oferece cargos desqualificados e benefícios reduzidos. Ele é um rapaz franzino, e não exige muito: precisa da carteira assinada para escapar da volta à prisão. O salário mensal, por exemplo, equivale a cinquenta gramas de cocaína chutada no varejo, média que ele vendia em meio dia, antes de ser preso. Ainda é mais fácil encontrar cocaína do que emprego — ele ri, e pensa, quando pensa, observando tantos homens e mulheres de seu tipo naquela sala de luz fria, todos tão iguais em necessidades e defeitos. Sente uma espécie de desânimo por serem o que são, ou não são... No entanto, até para serem o que for, têm que fazer por merecer: precisam comprar e vender uns aos outros. Amparado pelo Estado até pouco tempo, tinha se esquecido disso. Então lembra onde está e se debruça na cadeira do departamento de pessoal, cujo braço retrátil é pequeno para os vários documentos comprobatórios solicitados e cuja dobradiça metálica belisca seu cotovelo. Com esses desconfortos pessoais, ele comete alguns erros na ficha, mas vai preenchendo tudo o que é possível: nome, endereço e celular são indicados para que ele seja localizado prontamente, já que se encontra em desespero por não estar sendo procurado por quem quer que seja — à exceção da polícia, que quer mais do que ele próprio a sua carteira profissional assinada. Deixa em branco apenas o espaço destinado a "qualificações e experiência anterior". Mais tarde, já em casa, cansado de fazer nada na cozinha de panelas vazias e que há tempos não vê a mãe, ele chora. Chora sozinho e de fininho enquanto escreve o nome da firma em letras pretas e maiúsculas. Põe o pedaço de papel num prato e sobre ele acende a vela vermelha. Então se concentra.

E reza para que seja o escolhido.

17. A vida diária da diarista

A diarista estará sempre disponível para o serviço e se venderá a preço fixo para qualquer um que possa lhe comprar. A diarista é uma trabalhadora especialista na arte de sobreviver um dia após o outro, mas nada garante o dia de amanhã da diarista. Por isso, a diarista não tem compromisso com quem quer que seja, nem um dia reconhecido para descanso, como os têm os judeus e adventistas. Ninguém pergunta no que acredita uma diarista, aliás. Nem se ela tem esperança. A esperança e a desesperança da diarista significam apenas mais um dia de trabalho. Todo dia é dia de diarista! — ela se orgulha (e lamenta). Para render muito bem, a diária da diarista deve ser aproveitada como a noite de uma bela prostituta, dizem, fazê-las "fazer de tudo" (!), e que uma boa diarista não perde tempo com as suas próprias coisas ou quereres. Também já se confidenciou que a higiene é precária na casa das diaristas, como o espeto é de pau na casa do ferreiro. Um dia, quem sabe, a diarista se tornará mensalista, a depender dos benefícios e oportunidades, mas o dia a dia que pesa nas costas da diarista é uma tragédia anunciada: o mais provável é que a diarista não sobreviva para se aproveitar da própria aposentadoria. Por enquanto ela vive um dia após o outro, como se tratasse um vício pela terapia do trabalho. A diária da diarista é cheia de repetições, mas a sujeira que ela limpa nunca é a mesma, como nunca é a mesma a água dos mares em que os patrões se banham várias vezes, nas férias. A diarista nem sempre pode tomar banho no serviço e não tem direito a férias remuneradas. A diarista experimenta um dia e uma patroa de cada vez. A diarista é forçosamente existencialista.

18. Porque hoje é sábado II

A noite cai no breu. Parece até que faz barulho, mas dentro do carro nem se ouve. Toca bossa nova. Barquinho, violão, um amor no coração. Ar-condicionado no último volume. A cidade desliza em torno. É como num filme. Mas é um filme ruim: mal cenografado, malvestido e mal montado, sem maquiagem, sem movimentação coerente dos atores e objetos de cena, com uma luz horrível, sem contraste, foco, definição, e muito indigesto de se ver mesmo. Multiplicam-se as placas de "vende-se", de "aluga-se", "doa-se" — todos querendo se livrar do que tiveram, do que disseram que precisavam e que agora só lhes causa prejuízo. Acreditaram outra vez nas promessas de ordem e de progresso, e com isso mais uma geração de esfomeados e sifilíticos foi parar na rua da amargura. O carro desliza por essas e outras avenidas desfiguradas pelo abandono e quase desertas neste dia de festa, à exceção dos carros de polícia e de resgate médico, onipresentes. Nos finais de semana, considerados dias de festejos, são aqueles em que mais se morre entre eles. Morrem como moscas. De tiro, de faca, em acidentes espetaculares, de pobreza física e espiritual. Perecem principalmente os mais jovens, os herdeiros do suposto "futuro da nação". Essa miséria e essa violência toda, claro que incomodam o casal. Eles têm seus compromissos sociais, sim, e também os têm os políticos. Ele, escritor realista, homem do seu tempo, escreve sobre isso, sabe do que se trata e a origem histórica de tudo aquilo. À mulher (que se envolve mais de perto com projetos de auxílio, de ajuda, de esmola), para ela, além deste incômodo um tanto intelectual com a tradição de indigência, existe a dor. Uma revolta do estômago. Um gosto amargo que lhe sobe na boca, mas engole. O carro reduz a velocidade ao se aproximar de um farol fechado. Um pedinte se movimenta entre os veículos. O motorista, o escritor, ele fecha o vidro. O pedinte, à distância, lança olhares para o motorista, que sugere, ordena, que a mulher feche o vidro dela. A mulher desconfia da desconfiança do marido, mas faz o que ele manda. Sem que ela note, o escritor realista desliza a mão para o compartimento na porta do carro. Ele ainda está pagando financiamento, e fica preocupado quando toca o cabo da arma que ali se encontra. É como um arrepio, também. O pedinte vem na direção deles, do casal, a mão estendida. A outra... A outra mão o motorista não consegue ver. Ele empunha a sua arma (é oficial, registrada, único dono, está paga), um revólver brasileiro Taurus calibre 38, mantendo-o abaixado, oculto entre as pernas. A mulher finalmente olha para o lado, para as coxas do marido, vê o revólver brasileiro Taurus calibre 38 ali ereto: — Mas o que é isso?! — ela, que nem pensava nisso, pergunta; e se alarma. O pedinte, ele se aproxima e, a cada passo que dá na direção deles, uma corrente elétrica atravessa os corpos do casal. É como um arrepio, também. O escritor, o motorista, ele já está com a arma junto ao joelho, pronto para erguer a mão direita e fazer um disparo no rosto do outro: aquele filho da puta! — ele pensa, quando pensa.

Toca bossa nova: um barquinho, um violão... Então o pedinte passa direto por eles, sem lhes dar a menor atenção, sem incidentes. O motorista põe o carro em movimento. Guarda a arma. A mulher, ela é antropóloga envolvida com projetos progressistas, ela vai dizer qualquer coisa, mas o marido, o escritor, ele a interrompe: hoje não, meu amor, por favor: é noite de festa!

19. Casa-grande

À entrada do bairro sofisticado, no centro do cruzamento, quatro vigias pretos e pardos colocaram poltronas abandonadas e cadeiras quebradas para dividirem o calor de uma fogueira acesa num tambor. Têm aproximadamente 120 anos somados em atritos, detenções e cursos de treinamento. Não têm carteira assinada. Nem plano de saúde. Passam de um para outro uma garrafa de conhaque de alcatrão. O pior deles, dois dólares o litro. E, a cada gole que engolem, tiram de quatro a quarenta minutos de suas vidas! — diz um deles o que ouviu de médicos e moralistas de plantão.

— Ainda é cedo, agora — argumentam com tédio. Sua noite de trabalho mal começou e vai se estender pelo resto do dia de amanhã. Já não têm esperança, mas ainda são jovens, pobres e fortes. Sabem atirar no que se mexe e vão ter que dormir ao relento. De acordo com as leis trabalhistas, por atuarem neste período, no fim de semana e numa situação de insalubridade e periculosidade, esses funcionários — privados, mas numa função pública —, eles teriam o direito de receber o dobro do valor pago normalmente por hora, durante a semana, mas trabalham por diária, sem contrato com ninguém, ao preço fixo que extorquem dos moradores quando possível. Não têm dia certo. Ou errado. — Eu sou o vigia noturno! — bradam orgulhosos e assustados. — Lutamos por sua segurança, de sua família e de seus pets.

— Aceitamos pequena colaboração em dinheiro, cheque ou boleto bancário — dizem, quando falam, porque preferem mesmo é ficar calados para evitar discussão, limitando-se a exibir no bairro luxuoso e conflagrado os músculos, os porretes e as suas armas de fogo para se fazerem entender. Vida que segue... — aceitam a sua condição. E assim são quatro ruas que ali se deparam, são quatro os vigias ali sentados no início da noite de sábado, oito as armas de fogo irregulares, compradas, alugadas e/ ou emprestadas: uma pistola 765 (importada), uma 380 e outros seis revólveres brasileiros, quatro 38 e dois 32, mas nem assim eles se sentem seguros, porque, quando o carro se aproxima do cruzamento, o carro com as visitas, com os aparentemente inofensivos escritor contemporâneo e sua esposa psicóloga, isto é, antropóloga, quando o casal se aproxima deste cruzamento, dois desses vigias, os mais velhos deles, levam as mãos à cintura, e às armas, em reação.

Hoje é dia de festa, mas, devido à mortandade e miséria desses tempos, a desconfiança deles é maior ainda...

— É para pedir uma informação! — tranquiliza a todos o escritor, o motorista de mãos erguidas, desarmado, quando o vidro do carro baixa. — Meu GPS ficou desorientado... — argumenta, e é por um triz, outra vez, que alguém não é atingido no rosto por um disparo. O anfitrião é conhecido deles todos. De todos os guardas, também. É gente importante, boa, branca. Paga os boletos em dia. O casal de visitas que lhes chega também é branco, é brasileiro, mas está muito bem-arrumado e perfumado, e os quatro vigias não hesitam em dar a informação privilegiada que os dois desejam, os passos necessários para que cheguem à casa do homem distinto e bom pagador que os convidou.

Um deles, o mais novo dos empregados, sentado numa cadeira giratória a que faltam as rodas, ele se volta para trás e aponta um lugar à distância; três ou quatro ruas à direita, depois à esquerda e então à direita de novo, no meio do quarteirão.

— Hoje é dia de festa, então?! — lembram-se os vigias, e está explicado. O carro segue na direção indicada, abanando o rabo.

Enquanto isso, pressentindo o cheiro, talvez, as emanações invisíveis que as visitas exalam, quem sabe, o cachorro da casa, que não saiu dos arredores da cozinha, ele "acorda", se sacode e sai correndo dali. Fora de forma, desconfiado e excitado ao mesmo tempo, ele pula sobre um canto da piscina para cortar caminho e quase cai na água. Desce pela alameda do jardim, estragando as plantas aparadas, apenas para dar de peito com o portão de ferro. Ele se bate naquilo sem medo de se machucar, e se chacoalha, latindo e chorando, preso dentro de casa.

— É de saudade de vocês, de felicidade! — diz a empregada velha, a hoje cozinheira, que foi à entrada da mansão receber as visitas. Ela conhece o carro e também o código de abertura do portão (segredo concedido pela família com recomendações expressas de sigilo). Ela digita a senha decorada.

O portão de ferro é pesado, se move e se abre com suavidade. O carro avança, entra. A empregada/cozinheira contém o cachorro entre as pernas. O cachorro também conhece as visitas. O pênis do cachorro salta em vermelho nacarado. O casal para no meio do caminho, mas ainda dentro do carro, impedindo o fechamento do portão. É automático, o portão, dotado de célula fotoelétrica para não se mover nesta situação específica, para não danificar os veículos. Tudo muito bem pensado, pensou o proprietário da casa-grande, do portão de ferro automático, quando pensou nisso. Isso passa pela cabeça do motorista, do escritor promissor que ali se encontra. O carro das visitas está parado para cumprimentos, em primeiro lugar o cachorro barulhento e excitado — de quem as visitas sabem o nome, a idade e até que se submete a uma dieta de emagrecimento vegana. Eles também pararam para falar com a velha cozinheira, a empregada antiga de quem conhecem muitos segredos e sigilos divididos pela inconfidência da patroa: conhecem em detalhes a sua história de serviços prestados a esta família, mas não lhe conhecem o endereço, o passado e o salário, a falta de benefícios agregados, por exemplo... No entanto, sabem do seu filho único, e dos problemas que tem com a Justiça.

— Não é mesmo? — perguntam sem vergonha, e confirmam que entendem que a juventude é sempre um problema de desajustamento, de certa maneira ("o senhor e a senhora se lembram do meu menino!"), mas que esses problemas se resolveriam de algum jeito, não é mesmo?

Sim senhor, sim senhora, graças a Deus, o patrão e a patroa estão esperando, façam o favor de entrar...

20. Assédio

O casal de anfitriões queria que fosse num sábado, dia mais profano do que sagrado, mas teve que ser mesmo no domingo, dia de descanso. Para que os judeus e os evangélicos também viessem dar a sua contribuição. Evento de campanha. Reeleição de governador. Monges e monjas compareceram. Algumas religiões de matriz africana foram convidadas. É outra vez a candidatura que vai mudar o estado das coisas, como prometeu na campanha anterior. Reúnem-se os brancos e mestiços que podem pagar um mil e duzentos dinheiros por um cardápio que custou, no máximo, quarenta por pessoa (somado tudo: cachaça, cerveja, limão, laranjas, açúcar e sal e pimenta, os pertences, o arroz e o feijão da feijoada, a couve, a farofa, o manjar de coco da sobremesa), menu à brasileira definido pela patroa e comprado no supermercado de primeira, com a experiência da velha empregada da casa guindada à condição de cozinheira. Ela não terá sua remuneração acrescida por essa nova função, em dia de folga. Teria sido uma honra, em tese. E, para que a comida ficasse saborosa nesse dia, ela dormiu no serviço. Na hora do almoço, os "convidados" enchem os salões da casa numa euforia política, como se já mandassem no resto do país. Mesas e cadeiras foram instaladas no jardim, em torno da piscina, e todas estão tomadas. Segurança reforçada.

Garçons contratados para o serviço. Música ao vivo. Flores, cenários, lugar para selfies e demais fotografias com marcas e logotipos. A polícia foi chamada. A rua foi fechada. O trânsito foi desviado. Tudo dentro da lei e da ordem, com as devidas autorizações judiciais.

O assessor político e sua esposa organizaram tudo. Afinal, a casa é deles. E são gente que tem tradição em receber, negociar e seduzir com bailes e festas. A dona da casa, a anfitriã, está estreando um vestido novo. De malha, bem fino e liso. O candidato, sem a própria esposa, é o último a chegar. Aplaudem-no. Em seguida os discursos de boas-vindas, de agradecimento e sobre o progresso do futuro, discursos conhecidos por todos, rebatidos e elogiados por todos os lados.

Estão todos juntos. Farinhas do mesmo saco, à exceção dos empregados, menos da metade registrados em carteira. Já está quase chegando o fim da tarde. Os convidados estão famintos. O anfitrião, o assessor político, com a sensibilidade que sempre teve para plateias e ativos financeiros, ele renuncia à sua fala, convidando os contribuintes a beberem e comerem até se saciarem com o que pagaram à porta, em cheque ou dinheiro. — A comida é muito boa! — assegura ele e apresenta com falsa humildade e gratidão a sua velha empregada, cozinheira do dia. Maiores aplausos por isso. E logo caem os comensais sobre a feijoada como se fosse o último recurso biológico disponível. Toca bossa nova. O sol está caindo. A pedidos do marido, a anfitriã e o candidato dançam, num exibicionismo calculado. Acontece que, num determinado momento, a anfitriã, ela começa a sentir o pênis do candidato entre as suas coxas. Acha que é um acaso, no começo. Por causa do movimento que fazem juntos, da excitação da campanha. Dançam mais um pouco. A música é lenta e compassada. O candidato passa a espremer a anfitriã contra si mesmo. Esfrega-se nela acintosamente. É bossa nova. O vestido é novo, liso e fino, e de malha. Não há dúvidas de que ele tem uma ereção, agora. E a dona da casa fica tensa e lisonjeada. Torce para que seja e não seja nada disso. Depois torce para acabar a música, a bossa nova lenta e lânguida, mas teme a hora em que terá que sair de perto, se desprender do aperto do candidato, com a ereção à vista de todos. O candidato não pensa assim. Pensa, quando pensa, é na anfitriã, em quem continua agarrado à cintura e trazendo ainda mais para junto de si com a música, e como se fosse a sua própria esposa, ausente. É uma bossa nova lenta e compassada. O pênis espetado entre as suas coxas. A música por fim acaba. A dona da casa e o candidato se separam por outras rodas de conversa. Ninguém repara na ereção dele, que desaba. Depois, a pedido do marido, a esposa senta-se ao lado do candidato, que pousa várias vezes a mão em suas pernas. Às vezes no meio das pernas, dedilhando sua vagina. Por cima do vestido, é claro, mas o vestido é liso e fino, de malha. Não resta mais dúvida do assédio. Ela sente repugnância a maior parte do tempo. Fica trêmula e angustiada. E quase molhada, ao mesmo tempo. Desconfiada, quase faz menção de se erguer, de gritar: não!

— Não! — mas ali está o marido, o dono da casa, na cadeira do outro lado da mesa, na piscina iluminada ao fim da tarde, e tão feliz com o sucesso do evento que ele e ela tinham organizado, que a esposa resolve ficar calada...

— Está tudo bem, meu amor?

— Sim senhor, meu marido...

E não para por aí: no fim daquele acontecimento, quando já anoiteceu e a maioria foi embora, o candidato, assessorado pelo marido, ele vai se despedir dela e a encontra no segundo andar, em seus aposentos... Ela, distraída, reforçava a maquiagem no espelho do closet. Ele, sem perder tempo, enquanto lhe elogia o corpo, o traseiro, o vestido, o candidato à reeleição ao governo deste estado de coisas, ele se coloca em pé atrás dela, tira o pênis vermelho e torto para fora da calça e o esfrega na bunda daquela mulher como se fosse o seu ninho, o seu esteio.

É por cima da roupa. Do vestido fino. E em pouco tempo ele goza, de qualquer jeito, a esmo, e logo sai. Para a anfitriã, não deu tempo de nada. Também não contou ao marido, o assessor político. Nem quando ele perguntou por que ela decidiu trocar de vestido, no fim daquela festa.

21. O homem e sua obra

Com autorização da mulher, proprietária do terreno (sem escritura definitiva), o pastor em questão (egresso do sistema penitenciário) iniciou aquela obra dando mostras de enorme humildade e compromisso. Por falta de recursos, mas também por devoção, cavou os alicerces, ergueu as paredes e cobriu sua igreja com as próprias mãos, dia após dia, sem sábado ou domingo de descanso. Ainda não é o templo dos seus sonhos: as paredes estão nuas, abandonadas sem acabamento; ele não dispõe de microfone ou aparelho de som decente, e o púlpito foi improvisado com madeira da construção. Há vazamentos no teto, e muitas vezes ele prega na esquina para atrair alguma atenção... Isso porque, apesar do seu empenho e do seu exemplo, ele não consegue cativar os fiéis daquele bairro. Eles vêm e vão e nem chegam a formar rebanho. A obra até parou, agora, por absoluta falta de recursos. Ele prega, ele ora, mas Deus não manda nada, nem ninguém. Pode ser uma provação, ele pensa, quando pensa, mas desconfia mesmo é que tudo isso se deve ao fato de ter-se revelado o seu passado marginal na vizinhança. E mais: o pastor em questão acha que o autor da insídia é o próprio padre da paróquia, um católico romano que conhece os segredos da comunidade e não aceita dividir as almas do povo com ele.

22. Teste comparativo

Escritor contemporâneo ao volante ("talento promissor", diz-se dele, ao lado da esposa) avança com seu carro pela alameda do jardim, passa ao largo da piscina iluminada e se dirige aos fundos da edificação. Sempre que visita esta casa, a jovem esposa do jovem escritor, antropóloga recém-formada, coach de causas sociais, fica admirada com essa opulência. Opulência que ela e o marido não têm em seu próprio apartamento de dois quartos, sem garagem, sem área de lazer, e cujo financiamento ainda estão longe de acabar de pagar. Não há tempo para comentar adversidades. Logo as visitas deixam o veículo à entrada da garagem dos anfitriões, já ocupada pelos três carros da casa. Dali, é possível divisar a diarista trabalhando na montagem da salada, dentro da cozinha. Covarde por natureza, no entanto, ela recua e se esconde para evitar o contato com aqueles que teme, ou admira, conhecidos e desconhecidos.

Lá fora, anfitriões e convidados veem que o automóvel das visitas, de origem japonesa, mas fabricado no Brasil, dois anos de lançamento, ele não chega aos pés dos veículos alemães e americanos estacionados na garagem: um com 115 cavalos de potência contra uma média de 126 cavalos dos outros, um com torque de pouco mais de 22 quilogramas-força por metro a 1.700 rotações por minuto *versus* os quase 28 quilogramas-força por metro a 1.600 rotações por minuto dos últimos, cada um dos três carros do dono da casa da família, americanos e alemães, conforme indicaram os testes comparativos das revistas especializadas... É gente competitiva.

— E o consumo rodoviário dos nossos veículos é exatamente igual! — vangloria-se o anfitrião antes de cumprimentar o outro, o jovem escritor e sua esposa. O aperto de mão do dono da casa, profissional do marketing político, ele é sensivelmente mais forte e decidido do que o do homem mais jovem, o do carro pior. O patrimônio bem ou mal declarado de um deles é 42 vezes superior ao do outro. Um é a realidade consagrada, o outro não passa de uma promessa; boa, mas de caráter circunstancial. Incômoda, por enquanto... Este é o retrato do nosso país: onde todo o poder está concentrado nos mais velhos, que não admitem dividi-lo! — o visitante promissor, escritor realista de vocação política, ele andou reclamando disso em artigos na imprensa e em mensagens moralistas nas redes sociais (muitíssimo copiadas, retransmitidas). O que incomodou o ex-governador e atual candidato à Presidência...

De maneira que, por isso e por aquilo, o jovem escritor contemporâneo foi convidado pelo assessor político daquele candidato para jantar em sua própria mesa. Pode-se dizer que é sim "uma ação para neutralizá-lo", como assegura a sua própria esposa, antropóloga. Algo para convencê-lo a mudar de lado. A transformar-se noutro: neles.

Todos eles são brancos ou morenos, mas não se entendem; estão em lados aparentemente opostos neste momento histórico. São de gerações diferentes, mas estudaram e leram certos livros de referência (na sociologia, na literatura, na economia), eles se conhecem dos lugares que frequentam, embora finjam mesuras nos cumprimentos como se vissem uns aos outros pela primeira vez...

— Meu autor nacional preferido! — exalta o assessor político, o anfitrião, ele mesmo escritor promissor que gostava de ouvir coisas desse tipo em seu tempo. Ele se volta para as mulheres, em particular para a esposa do escritor convidado, já que sabe — por sigilos quebrados por amigos, segredos trazidos por informantes — que é ela, a socióloga, ou antropóloga comprometida com certas causas de oposição, quem se põe, naquela jovem família, contra qualquer colaboração com esta campanha à Presidência, que promete mudar o país de novo, que tem tudo para ser vitoriosa, mas que ela considerou (num depoimento viralizado) "um avanço no passado"...

Tudo isso, essas opiniões pessoais, esse "dito e não dito", estão no ar entre eles, se vê: um ruído branco, mas teimoso, um mau cheiro danado, mas nada será mencionado neste momento. Em vez disso, os visitantes são cumprimentados, abraçados e beijados pelos donos da casa, enquanto são levados para dentro daquele lar, para o aconchego e luxo de sua sala de prazeres: afinal, meu amor: hoje é dia de festa!

23. Artigo 157, § 3, II

Escolhe uma pick-up de caçamba grande, com vidro espelhado. Espera pelo dono. Dá o bote.
— Desce daí!
— Calma, calma, vira isso pra lá...
— Não fala calma pra mim! Não fala calma pra mim! Desce.
— Tou descendo. Toma a chave, tem seguro, pode levar o carro.
— Eu sei que eu posso. As mãos, pra cima.
— Acho que você não deu sorte comigo, rapaz.
— Meu azar não é de hoje, cadê a carteira?
— Não uso carteira. Tá tudo no bolso de dentro. Posso pegar?
— Não. Desabotoa a calça, deixa cair.
— Mas eu vou ficar nu?!
— Eu não me importo. Vai, logo!
— Tá bom, tá bom, mas tenha calma... E agora?

— Agora o senhor não vai mais precisar se preocupar com a sua vergonha. Ajoelha! Pode começar a rezar também... Não esquece de pedir por mim. Todo mundo merece perdão e eu fui bom sempre que pude...

— Vira isso pra lá! Não! Calma! Pelo amor de...

24. Gangues do estupro

Corre à boca pequena, nos clubes refinados e eventos da sociedade, nos balcões dos cartórios, em segredo de justiça e nas entrelinhas dos processos judiciais, a ação das famigeradas gangues do estupro.

Trata-se de diversos grupos criminosos que aterrorizam as zonas abastadas da cidade e dos quais a polícia não tem maiores pistas além de seu *modus operandi*. Consta que, para atingir os seus desígnios e coibir qualquer reação por parte das vítimas, o assalto se inicia desde logo com uma cena de extrema violência e constrangimento: a curra do proprietário da residência ou empresa atacada, diante de suas famílias e funcionários. As investigações são sigilosas, pois essas violações ocorrem entre a nossa elite cultural e política, algumas até com foro privilegiado, especula-se, mas tudo indica que diversos bandos especializados estão adotando a mesma tática. Qualquer movimento unificado ou liderança nesses fatos é desconhecida até o momento.

Em comum a algumas dessas ocorrências, no entanto, é a presença de um certo homem jovem, negro, na casa dos 20 anos (não há descrição facial, pois o meliante oculta o rosto com uma máscara de couro negra), dono de um pênis avantajado (entre 40 e 60 centímetros ereto, conforme o relato), dotado de energia sexual e psicologicamente capaz de sodomizar as suas vítimas, sempre masculinas, diante de quem ou o que quer que seja. Segundo testemunhas oculares, este abusador não seria o líder desses bandos, mas um funcionário contratado para os serviços de estupro. Nada disso ainda está suficientemente claro.

Causam repugnância os diversos nomes e apelidos impublicáveis dados a essas gangues terroristas e criminosas nas redes sociais, todos típicos de nossa cultura machista.

25. Teste comparativo (continuação)

Os convidados são levados pelas mãos propriedade adentro pelos donos da casa: são desviados da entrada de serviço, conduzidos por caminhos de pedras aparadas, obrigados a passar ao longo do jardim, das floreiras e orquídeas e ao largo da piscina, especialmente iluminada para esta ocasião. São nove os prestadores de serviços cuja presença é regular naquela casa, devotados à manutenção e manejo das plantas, dos carros da garagem e da água da piscina, todos irregulares os seus contratos de trabalho. — Obrigado! — agradecem os convidados a deferência dessa exibição de patrimônio feita pelos seus anfitriões. Os convidados limpam os pés nos tapetes balineses da entrada e avançam pelo hall decorado com pinturas modernistas brasileiras, até ganharem a sala de estar. É, na verdade, um salão imenso. E acústico: toca bossa nova. Um barquinho, um violão, um amor no coração... Os visitantes, por uma questão de etiqueta, eles querem saber da filha dos anfitriões...

— Já é uma moça! — orgulha-se o pai, o assessor especializado em marketing político, besta como todos os pais de meninas. — Vai se formar veterinária em breve! — complementa embevecido. — Mas acontece que hoje é sábado e, claro, juventude saudável, sabe como é, ela preferiu sair com o namorado da faculdade de Direito... — Eu também preferiria!, ergueria o braço a dona da casa, se tivesse a coragem de dizer em público que já reparou, em particular, no corpo do genro. E com certo interesse.

— Mas hoje é sábado, gente, dia de festa, por favor, sentem-se! — convida ela, a anfitriã.

— Eu fico muitíssimo honrado que você, meu autor querido, que vocês, casal simpático, tenham aceitado nosso convite! — A esposa do visitante conhece como ninguém as fraquezas materiais e espirituais do seu marido e vê com preocupação a abordagem cheia de agrados do anfitrião. São considerações informais, opiniões artísticas triviais, porém cheias desse enaltecimento implícito, dessa goma de palavras que prepara um pedido, um vínculo afetivo exagerado, um bote venenoso. De fato, os elogios do anfitrião mais excitam a imaginação do que constrangem a vítima, isto é, o escritor. E, alegre como uma criança, com alguma inocência, ele se adianta e se encaminha para o centro da teia que lhe foi jogada por cima. A sua esposa tenta retirá-lo deste meio ambiente insidioso, puxá-lo para fora dessa armadilha que se instala, e, num tom de comédia, lembra algumas de suas manias estranhas, dos problemas congênitos e defeitos desconhecidos que ele, o escritor contemporâneo, tem... — Todos temos! — argumenta com razão o anfitrião, que não desiste de apontar as qualidades do marido dela como se o quisesse tomar para si. A esposa fica enciumada, claro, possuída de raiva, sim, mas sorri, em anuência:

— Ele é demais...

— É mesmo uma grande honra tê-los aqui! — concorda a dona da casa, a anfitriã, que a mulher do escritor também desconsidera, mas que vai tratá-la bem, "como amiga" até, se for preciso, equilibrando o seu desprezo com as necessidades financeiras e sociais de um jovem casal em ascensão nesses mercados.

A dona da casa também se incomoda com a outra mulher (pelo fato de ela ser mais jovem e diplomada), e com os excessos quase lúbricos do marido publicitário com esse outro homem, mas concorda com o que ele diz. Ela não terminou o curso universitário de Arquitetura, é dependente dos proventos dele para a qualidade dos luxos de que dispõe, ainda que se considere autônoma, artista plástica independente, contemporânea, em especial depois de vender os direitos autorais dos seus desenhos para padrões de tecidos chineses e artigos esportivos espanhóis.

Ainda assim, ela, a anfitriã, ganha 123 vezes menos do que o marido.

Já a esposa do escritor ganha o dobro dele a maior parte do tempo. O escritor mesmo se apresenta como freelancer no mercado de artigos inteligentes e textos literários, mas são as matérias pagas, anúncios e os roteiros de vídeos institucionais o que aparece para testar os seus limites morais e pagar as suas contas, a sua comida. Ele e a esposa desprezam essa fonte de dinheiro, claro, mas não têm mais aonde ir beber, muitas vezes. Os homens tomam uísque puro malte com gelo. As mulheres tomam drinques enfeitados preparados pelo anfitrião (a velha empregada também comprou canudos de plástico coloridos e enfeites de copos e de mesa, na sexta-feira). A esposa do escritor promissor é quem tem emprego fixo e já por muito tempo o seu salário representa a única entrada de dinheiro da casa. Ela se sente feliz e realizada por isso, como mulher moderna, mas também está cansada de sustentar um marido que desde sempre promete um grande livro (para ela e para o editor, cujo adiantamento ele já gastou) e não cumpre.

— Muito bem, meus queridos! — É gente contemporânea, vivendo em seu mundo de relações afetivas e de tarefas necessárias para se manterem à tona, em sua classe social. E, por falar em sociedade, ambos os casais vestem roupas costuradas na África profunda, nas encostas da Ásia, e usam perfumes importados comprados em pechinchas e liquidações pela Europa e pelos Estados Unidos da América do Norte. Hoje mesmo, nas redes sociais, condenaram uma série de pessoas, organismos e movimentos no mundo inteiro, os que não concordam com os seus ideais.

— Bom dia, senhoras e senhores... — os visitantes são apresentados à empregada diarista, que nunca viram, mas tratam com a mesma deferência com que os empáticos tratam os inferiores, conhecidos ou desconhecidos. A diarista tomou emprestado da empregada mais velha um uniforme muito limpo, para servir os petiscos finos, petiscos entregues por delivery, em SUV do ano, naquele mesmo dia, enquanto a empregada mais velha, a cozinheira, ela reduzia na panela a água/molho que deixou exceder na moqueca brasileira, baiana, juntando a farinha de mandioca rústica, da periferia miserável de Recife, Pernambuco, para fazer o seu pirão especial, isto é: ao gosto do dono da casa.

— Ali é comida vietnamita! — informa a anfitriã, apontando o prato de prata com petiscos estrangeiros na mão da diarista, e argumenta que gosta de misturar diversas etnias numa mesma conjunção espiritual, comidas finas, obras de arte: coisas simples e refinadas.

— É também uma questão de cultura, e de inclusão! — quem elogia agora a dona da casa é o escritor contemporâneo, provocando ciúme na própria esposa. Deixa estar, essa... — pensa a esposa do escritor, antropóloga formada, quando pensa, ela também com ciúme da outra, a mulher do dono da casa. Ciúme do corpo da mais velha, na verdade: tenho certeza de que não vou ficar gostosa desse jeito quando chegar na idade dela... E ainda teve uma filha, a vaca!

26. Os bons companheiros

No centro do cruzamento, quatro homens pretos e pardos colocaram as poltronas abandonadas e as cadeiras quebradas fornecidas pela vizinhança para dividirem o calor de uma fogueira acesa num tambor. A noite é fria, o conhaque que bebem é ruim, eles não têm carteira assinada, nem plano de saúde, nem se sentem seguros, porque, quando o carro com os vidros espelhados se aproxima do cruzamento, eles logo levam as mãos ao armamento disponível, em reação.

São, agora, em número de dez as armas de fogo irregulares, compradas, alugadas e/ou emprestadas, naquele momento: uma pistola 765 (importada), uma 380 e outros seis revólveres brasileiros, quatro 38 e dois 32, com os vigias; mais uma pistola brasileira 380 e uma escopeta calibre 12 norte-americana, no modo *pump-action*, com carregador interno para sete cartuchos, dentro do carro que se aproxima.

O motorista freia o veículo no meio da esquina. Escandalosamente. Todas as armas estão carregadas e destravadas, prestes a serem apontadas. O vidro espelhado baixa suavemente, tirando o reflexo dos vigias e revelando os dois ocupantes do veículo, apresentados no terceiro capítulo. Vestem roupas escuras, são difíceis de identificar na penumbra. A tensão aumenta.

— Quem? Quem?! — são sessenta os dedos crispados nos gatilhos...

— Ah, eu conheço! — tranquiliza a todos o quanto antes o vigia da pistola 765 importada, e aponta (o dedo) para o motorista, o mais velho dos dois homens sentados no interior da pick-up, o que tem a pistola 380 posicionada no meio das pernas, pronta para o disparo. É um banho de água fria.

— Boa noite, senhores... — cumprimentam-se todos.

— São meus amigos, os dois — agora se vê o rapaz novinho, negro, no banco do passageiro, o que tem a escopeta 12 escondida em linha com a perna direita, junto da porta, mas com o dedo no gatilho (*pump-action mode*), por via das dúvidas.

— Viemos a trabalho — argumenta o motorista, indicando o bairro de luxos fechados em muros, o que no caso desses dois homens do carro de vidros espelhados não chega a ser mentira, pois o crime é o negócio mais sério e organizado na vida deles.

Do outro lado desse ringue, todos eles sabem (ricos, pobres e os vigias miseráveis em especial — sempre presentes, em turnos) que os habitantes fixos daquela área precisam de diversos cuidados para sobreviver às 24 horas de seu dia (manutenção de imóveis e equipamentos, faxineiras diaristas, cozinheiras, iogues, motoristas, assistência técnica, médica, esportiva e psicanalítica), de modo que os "vigias" não se alteram, não se incomodam nem veem nada de excepcional que um serviço qualquer seja prestado na noite de sábado: afinal, é dia de festa, e a festa, entre eles, não pode parar.

— Se é amigo de um dos nossos, então é amigo de todos! — confirmam os demais "vigias", tirando os dedos dos gatilhos das armas de fogo, nessa que parece a única solidariedade de classe possível entre eles, os miseráveis: a de se reconhecerem (armados, mas impotentes e perdidos).

— Boa noite, senhores — despedem-se. O motorista aciona os vidros espelhados e a noite fica do lado de fora. Põe o carro em movimento. Ali dentro, o rapaz se sente à vontade para descuidar da escopeta calibre 12 (apoiada na porta ao seu lado) e para tirar do bolso um saco plástico com dois bolinhos de carne. O bolinho foi feito e frito à tarde, mas o cheiro que ainda exala perfuma o interior do veículo.

— Tenho fome — reclama o jovem.

— Aguenta, saco sem fundo — retruca o outro. — Logo você vai comer o que quiser, rapaz! — complementa e profetiza o mais velho e experiente deles...

E, dito isso, depois de um silêncio significativo, o rapaz no banco do passageiro ri, gargalha. Logo depois é o outro, mais velho e mais frustrado, que o acompanha, como se dissessem uma piada muito engraçada. Riem e gargalham sozinhos os dois, enquanto o carro desliza suavemente na direção da casa, aquela casa-grande, de muros altos, a que fica três ruas depois, direita, esquerda e direita de novo, no meio do quarteirão.

Então o rapaz pega do bolso oito comprimidos de Rohypnol. Usando as pontas dos dedos, com delicadeza incomum, ele sustenta um bolinho de carne e perfura-lhe um conduto com o indicador. Ali, coloca quatro comprimidos de 2 miligramas cada um. Repete a ação com o segundo bolinho. Em seguida, trabalha para rearranjar a carne frita, restaurando a esfera dos bolinhos, recobrindo os condutos e camuflando muito bem os medicamentos em seu interior.

27. A vida diária do escritor diarista

O escritor contemporâneo até que fez da literatura uma espécie de "ciência da esperança" de chegar em algum lugar menos pior do que este. Acontece que a melhor literatura do escritor contemporâneo não chega lá, já que lá só uns poucos é que chegam.

E sempre os outros: um inferno! — confessa.

E se obriga a fazer com profissionalismo ridículo (compromissos mixos e salários baixos conformando um estado de nervos em frangalhos com as contas a pagar e as migalhas a receber) o que antes se propunha a fazer com amor.

Amor... Amor é uma palavra horrível! — ele pensa, quando pensa em algo verdadeiramente transformador. Mas em geral não pensa mais para fazer o que faz. Da "revolução", por exemplo, por covardia ou por clareza, o escritor contemporâneo passou a desdenhar, dizendo que ela se aprisionou em partidos que transformam rebelião em burocracia. E assim o escritor contemporâneo põe todas as suas ilusões políticas bem puristas num mesmo lugar sujo e já não tem com o que preencher tantos espaços ocos, limpos e terrivelmente vazios, fazendo eco em sua mente... A literatura do escritor contemporâneo não é um marco explosivo de sua época ou geração! Nenhuma literatura o é mais! Mas isso não consola. E, como não se detonará como uma bomba em nome de suas posições, suas frases lhe parecem ainda mais esfoladas, compradas ou vendidas, já que um gesto incendiário desses terroristas parece mais convincente do que suas páginas moralistas e supostamente revolucionárias... Não que sejam reacionárias. Mas é esse "bom senso" que as aniquila. E como o "bom senso" é de todos, há sempre essa vivência emprestada, entediada, empestada... A peste, aliás, vem anunciando seu ciclo de "limpeza étnica", e o escritor contemporâneo teme que sua raça seja extinta pela eficiência alheia, ou inutilidade dela própria... Então o escritor contemporâneo escreve contra os seus próprios medos, ou impotência, que diferença faz?! Enche cada vez mais páginas; com muita "força de verdade" (especialmente as inventadas no calor da redação). Chega ao final de sua criação como se sua coluna diária fosse uma cruz carregada de culpas, desculpas e desconfianças para, em seguida, enviá-la ao editor...

    Seu artigo será aceito a seu tempo, com a condição de que se retirem alguns trechos comprometedores para os anunciantes e patrocinadores...

    Não! — o escritor contemporâneo, branco, 30 e poucos anos, ele hesita em continuar a obedecer!

Sim! — ele vê censura onde seu patrão vê os interesses do mercado. Fica indignado, mas... Bem, quer dizer, "passando mal", o escritor contemporâneo não escreve isso. Em silêncio, resignado, ele refaz seu servicinho... E o dia está ganho.

28. Assédio II

Apesar de todos ali apoiarem e propagarem mensagens contrárias aos lugares-comuns de sua herança cultural; apesar da constante vigilância da esposa do escritor, preocupada com o cerco profissional, financeiro e quase erótico ao qual estava sujeito o seu marido pelo dono da casa; e apesar das reservas ideológicas mútuas, acabaram se formando duas duplas distintas, em conversas semelhantes: a dos homens e a das mulheres. Com o calor abafado daquela noite de primavera tropical, a farta distribuição de quitutes internacionais salgados pela diarista, além da dissimulação em que estavam envolvidos os convivas, beberam todos. Mantiveram o equilíbrio físico, sim, andavam em linha reta, sentavam-se e erguiam-se com certo entusiasmo, até, na direção de pratos e bandejas, mas aquele equilíbrio mental e firmeza moral necessários a se defenderem uns aos outros dos seus piores instintos, este aspecto da personalidade deles se tornava um tanto mais rebaixado, turvo, a essa altura.

— Um brinde! — acenam-se os homens e as mulheres à distância. — Outro brinde — acenam-se de novo. Tocadas, assim, por isso e por aquilo, quando se veem separadas dos seus cônjuges, a "dona da casa" e a sua "amiga", elas se sentem à vontade para cochichar sobre o toque genital de seus médicos, os remédios que são obrigadas a usar para regular os seus hormônios e os humores, os cremes estrangeiros que precisam passar na pele para que se mantenham esticadas, as comidas e dietas adequadas para bom funcionamento do intestino e do estômago, a harmonia dos sucos digestivos, de frutas, de cenoura, açaí, granola francesa, as viagens internacionais que gostariam de fazer para arejar a cabeça, muitas vezes impossibilitadas por pandemias, revoluções, convulsões... E também cochicharam sobre a falta de desejo pelos corpos dos maridos.

— O que é a maldita da felicidade?! — perguntam-se. E se é algo específico ou genérico. Se diz respeito aos homens que arranjaram ou a todos os machos do mundo. Se é deles ou delas. Se a sua vida sexual inteira estará resumida a isso, a esses, a certa abstinência, renúncia, ou se aparecerá alguma fada com uma bela de uma vara de condão para lembrá-las do que eram, distraí-las, saciá-las... Não podem evitar os risos e as gargalhadas que chamam atenção dos seus maridos.

— A menopausa é uma coisa horrorosa! — corta-lhes, de súbito, as risadas a mais velha, num tom indignado e de confidência. Ela que se encontra em tratamento hormonal, o corpo mais trabalhado em ferros de academia e cirurgias plásticas do que a outra, a mais jovem, menos rica e mais atarefada do que ela, arrimo de família, do escritor.

Inferno... — pensa a visitante, quando pensa, porque ela ainda repara no corpo da outra; repara e se enfurece com a natureza disso, dela, do seu corpo bem proporcionado, musculoso e teso... Inferno!

— O quê? — pergunta a anfitriã, como se ouvisse o pensamento da convidada. — Nada — responde a mais nova. Ela apenas reclama do calor. Não revela nada do seu verdadeiro estado psíquico. Também não sabe se a outra está lhe dizendo uma verdade íntima ou apenas tentando se vangloriar na sua presença com essas formas de velha impecáveis que ela tem: vaca, vaca!

— O que disse, minha querida? — longe delas, emoldurados por uma estante de velhos troféus literários e recentes prêmios publicitários e de esportes, os seus maridos, devidamente escondidos por trás dos copos de uísque, eles relembram algumas daquelas feiras literárias, peças publicitárias e campanhas políticas do passado, feitas por convicção e por instinto, na raça e de graça, mas com direito à farta distribuição de drogas de boa qualidade e mulheres que não prestavam... Risos e gargalhadas obscenas deste lado, agora, para a surpresa e curiosidade das esposas: — Mas o que é isso?! — Nada! — lhes respondem os dois com os copos em riste.

No quintal, o cachorro fica alerta por qualquer coisa, e sai na direção do portão de entrada. Choca-se contra ele. E nada. A rua está deserta. O cachorro estaca, o corpo musculoso está tenso, o rabo fino esticado, o pênis rubro surgindo desencapado. Aspira o perfume inebriante de comida em algum lugar do jardim.

Na sala, é possível afirmar que o proprietário do imóvel está cercando fisicamente o seu convidado. Com uísques puro malte importados e histórias locais bem contadas, o assessor político obriga o outro a entrar num reservado por uma porta que se abre para a sala. É o escritório/biblioteca, e, num instante, quando as portas se fecham, o escritor contemporâneo, promissor, ele pode ver o olhar da esposa. É de censura, talvez, de terror e súplica, quem sabe? Mas logo pensa, se é que pensa, que deve ser por causa dos muitos drinques que ela bebeu até então. Tira a esposa por ele próprio, que já está com a percepção um tanto "relaxada" também, por assim dizer.

— Meu muito querido autor — recomeça o anfitrião o seu discurso de elogios, mas agora com ares e ênfase de proprietário. Em seguida, com o beneplácito do candidato à Presidência da República para quem ele trabalha, com as portas do escritório/biblioteca fechadas, os agrados do assessor político não encontram mais limites: em pouco tempo de conversa (na verdade um monólogo ruim, com ideias pobres e cheio de adjetivos, típico de redator publicitário), o mais jovem deles havia se tornado não apenas o maior e melhor escritor contemporâneo da cidade, do estado ou do país, mas do mundo inteiro, um estilo duro, porém refinado, um texto enxuto, porém cheio de significados, agressivo, guerreiro, dono de uma visão muito ácida do país deles, dos seus homens públicos, das "dificuldades hercúleas" que encontram para implantar os seus projetos diante de um Congresso e de um Judiciário desses, mas também era um pensamento muito original (!), críticas necessárias, por certo, bem escritas e que ele mesmo, o velho e experiente assessor político, vinha se corrigindo e corrigindo as práticas do "seu candidato", baseado nas críticas mordazes dos belos textos daquele outro, seu convidado.

— Verdade?

— Eu mentiria para você?! Um brinde! — o brinde se realiza. Esse e mais outros. E, mesmo um tanto alcoolizado, diante do seu anfitrião, amigo e assessor político daquele candidato, o escritor promissor afirma que tem problemas com o que se sabe daquele homem público: sujeito horroroso, antidemocrata truculento, religioso desqualificado, racista, golpista, xenófobo, machista homofóbico, terraplanista...

— Como todos os outros — confirma, num acesso de cinismo e de sinceridade, o dono da casa e assessor político do referido candidato.

— Sim, como todos! — o jovem confirma. — Mas do tipo assassino, paramilitar, sem juízo.

Por fim, o mais velho diz a que vieram ali, aqueles dois: o mais velho e mais frustrado, porém o mais rico deles, quer fazer uma oferta ao escritor promissor. Por certa quantidade de dinheiro, ele o queria engajado na campanha política, queria contar com os seus textos ferinos e o esclarecimento que viesse, profissionalmente, a dar ao candidato tão bem conhecido deles... — Ele mudou! Eu garanto! — diz o mais velho, assegurando o que não pode garantir. Nem o mais jovem acredita nisso, mas a oferta é muitíssimo boa, realmente...

— Tudo isso? — espanta-se o jovem escritor. O fato é que, mesmo que não renegasse suas crenças, pensamentos e críticas mais mordazes (o que seria o mais adequado para o contratante), mesmo que ele não escrevesse nada de novo e se limitasse ao aconselhamento do referido candidato, ele ainda receberia um salário líquido mensal de cinquenta mil! Mas não qualquer cinquenta mil! Eram cinquenta mil dinheiros na moeda de um país estrangeiro, e muito melhor do que o deles:

— Cacete, meu velho!

— É isso mesmo, meu bom! — assegura o velho assessor político ao mais jovem. E mais: que, depois de eleito o presidente, ele, o jovem promissor, o melhor escritor contemporâneo de todos os tempos, teria, em sua conta-corrente, mês a mês, a mesma quantidade de dinheiros estrangeiros, um contrato anual (renovável), salários (garantidos) depositados em país estável, coisas que o escritor nunca viu:

— É um bom começo, não, meu autor?

29. Roleta-russa

São diversas as explicações para a origem desta designação, mas quase todas apontam para aquele país, ou para os costumes de seus habitantes. Nas prisões russas, por exemplo, os detentos eram obrigados a participar deste jogo para as apostas dos guardas, mas também se verificou um enorme aumento de sua prática entre oficiais durante a Primeira Guerra Mundial, sendo utilizada como exibição de coragem, destemor e também como atitude de protesto (ou desespero) com os rumos do conflito. Ainda hoje, jovens perecem nessa disputa de consequências fatais nas periferias de nossas cidades. A prática se tornou mundialmente conhecida ao aparecer no filme *The Deer Hunter* (1978). Nos casos de roleta-russa no Brasil, os sobreviventes responderão pelos que morrerem de acordo com o artigo 122 do Código Penal, que em sua parte especial, título e capítulo de número 1 — o dos crimes contra a pessoa —, trata dos que induzem ou instigam outros a se suicidarem ou lhes prestam auxílio para que façam o serviço (independentemente do contexto e das motivações envolvidas). As penalidades somadas podem atingir doze anos de reclusão. "Russian Roulette" também é o nome da canção escrita e produzida por Ne-Yo, para Rihanna, no álbum *Rated R* (2009).

30. Sua Excelência, o candidato

Constantemente inquirido sobre o fato de seu partido político ser apontado nas pesquisas como líder da disputa eleitoral, e pelo Ministério Público como o que concentra a maior quantidade de candidatos suspeitos de envolvimento em delitos na administração do estado, além de alguns vínculos confirmados com organizações criminosas clandestinas, o ex-governador e presidente de honra da agremiação fez questão de ocupar hoje mesmo a tribuna do Congresso para relembrar aos demais homens públicos do país que, numa democracia representativa, toda a diversidade racial, étnica, cultural e moral do nosso povo precisa estar assegurada, sob pena de sermos manipulados por interesses exclusivos. Recorreu à passagem bíblica do camelo pelo buraco da agulha (Mateus 19:24), ao destino de alguns revolucionários franceses (1789-1799) e ao exemplo do próprio Salvador, que, à sua época e embora amado pelo povo, fora igualmente considerado um marginal pela polícia, um fora da lei pelos magistrados e um agitador político pela cúpula do império viciado, sendo, afinal, crucificado por tudo isso... Está entendido? Conto com seu voto. Obrigado. Aplausos.

31. Homens de preto

Como era um deserto de gente nas ruas daquele bairro, os dois homens, os marginais, o rapaz e o mais velho, depois de observarem o local por uma semana, eles optam pela simplicidade naquele dia: estacionam o veículo roubado entre outros carros de luxo na rua lateral da casa-grande. Tiram da caçamba uma mochila com chaves de fenda, alicates, material elétrico, marreta. Usam uma pequena escada de alumínio que se desdobra para escalar o muro da propriedade. Disfarçam-se mais uma vez de funcionários de manutenção, quando são invasores, estes. Mas quem liga? E quem diria, se estão todos muito bem trancados, ocupados com as suas próprias diversões, recepções, repousos considerados merecidos?

— O tempo está próximo! — cumprimentam-se os meliantes, e o mais velho sobe enquanto o rapaz fica segurando a escada, profissionalmente. Latidos de cão se aproximam do outro lado do muro. O mais novo passa ao mais velho o saco plástico com bolinhos de carne recheados de remédios. O mais velho joga os bolinhos no interior da propriedade. Os latidos cessam. Em seguida, o mais velho tira do bolso um pedaço de papel e verifica a cola que fez ao ver e rever um tutorial na internet. Ele usa o alicate de um canivete multiuso para pousar, com extremo cuidado, um pedaço de cabo de aço entre os fios eletrificados da cerca, criando uma zona desenergizada, enganando de uma só vez a central de choque, a comunicação com a empresa de monitoramento e o alarme sonoro. Com isso, em pouco tempo os dois homens sobem no muro segurando as suas armas de fogo e a mochila de ferramentas; se equilibrando, eles pulam a cerca na parte desligada, puxam a escada para cima, passam para o lado de dentro e agora descem por ela, suavemente, no jardim da residência alheia.

No chão, o rapaz se detém e toca o braço do comparsa para que espere. Em seguida, tira do bolso uma peça de couro preta e cobre o rosto com ela. É uma balaclava. O mais velho ajuda o mais novo a subir o zíper do pescoço até a nuca. É difícil, a máscara apertada na cara: pronto.

Agora sim. Deus nos proteja! Amém!

Na sala da casa, a tensão é outra: a iluminação foi rebaixada, a música brasileira aumentada, um conjunto de velas balinesas foram acesas em pontos estratégicos da arquitetura concretista, mas a esposa do convidado só tem olhos para observar o comportamento do marido, desde que ele saiu do reservado, na companhia do anfitrião. O tempo está próximo, a mesa foi servida de salada, é russa, mais folhas chilenas e frutas argentinas. Seu escritor marido está esquivo, perturbado com algo, certamente, e evita aproximar-se da esposa, preferindo essas conversas inaudíveis, cochichadas entre machos de sua espécie...

Estão cheios de segredos, esses filhos da puta! — pensa ela, quando pensa, porque assim que pode, assim que o marido se desgruda do outro, ela o aborda com violência...

— Estão apaixonados?! — a esposa do escritor contemporâneo, num acesso de ciúme e de curiosidade, quatro drinques à base de bebidas licorosas, ela o interroga com dureza.

— Calma! — ele tenta reagir, fugir, mas não consegue. Também ele está confuso, envaidecido e envergonhado, emocionado, convulsionado que seja...

— Não me peça calma! Você sabe que eu odeio! — grita bem baixinho a esposa, que quer porque quer saber o que queria aquele outro, o dono da casa-grande, se era para comprá-lo que eles vieram até ali (como ela previra), que tipo de proposta indecente lhe fora feita no escurinho do escritório/biblioteca, e, por fim, se ele se vendera numa dessas reles conversas de parceiros de crimes, de comparsas eles também, nesses trâmites escusos entre a literatura, o jornalismo, a propaganda e a política...

O escritor contemporâneo hesita, paralisado sobre o fio da navalha em que se encontra, no meio de uma dessas encruzilhadas do destino, entre a decência e o desleixo, entre a vanguarda e a retaguarda, entre a miséria e a prosperidade.

— Cinquenta mil dinheiros todo mês! — ele revela a quantidade oferecida pela sua consciência. A mulher fica espantada com o montante. Nem ela acreditava que valia tanto!

— Mas eu juro que não respondi nada... — mente o marido à esposa, como tantas vezes fazem entre eles.

— Ainda bem! — mente a mulher de volta, mas ambos sentem agora que a sua convicção foi abalada.

Cinquenta mil dinheiros fortes por mês?! — ela também está pensando, se é que pensa, nesse dinheiro disponível na conta-corrente do marido, na redução que aquilo representaria nas suas próprias despesas e quais os confortos materiais inatingíveis no momento aquele aporte financeiro permitiria. É uma mulher voltada para causas sociais, sim, solidária na miséria e na desesperança alheias, que conhece da faculdade o valor da exploração do trabalho e o fedor do dinheiro sujo, mas ela também tem os seus sonhos de riqueza, ora... — Cadê a empregada? Cadê a empregada?! — irrompe aos gritos a anfitriã, interrompendo estes cochichos de marido e mulher dos convidados. Ela pede mais um drinque ao esposo e está chamando a diarista para humilhá-la na frente das visitas.

— Mas o que é isso?! — é claro que a posição dos talheres está errada. — Com este garfo se come o peixe e fica aqui, esta faca é a da sobremesa, está mal posicionada, vê? Este aqui é o da entrada, por isso fica mais para fora, por ordem dos cursos da refeição, entendeu? — assim, a anfitriã está indignada com aquilo, um tanto alcoolizada, e os visitantes envergonhados, excitados e bêbados eles também, quando finalmente se sentam para jantar.

— Desculpem o mau jeito (dela), por favor.

32. Campanha política II (contracampo)

Foi na tal da última reconstrução democrática. Depois da ditadura passada... Ou da mais recente, não se lembra. E porque hoje, então, era sábado, e muitos os solitários longe de casa, naquele hotel, ela foi enviada como prêmio de consolação pelo candidato da campanha ao Senado. Ganhava por cabeça, a moça. Toca a campainha. Três horas da madrugada. Quarenta graus centígrados. Tudo é penumbra no corredor do hotel. Um homem abre a porta e vê um vulto: é uma mulher, uma menina. Entre 14 e 50, 60, não há como saber. Tem muita maquiagem espalhada pelo rosto vincado. As roupas mínimas repuxadas para lados contrários, descabelada, a pele arranhada, e o bordô das paredes e a luz amarelada no corredor que não ajudam a enxergar direito. Ela dá um passo à frente, e ajoelha-se.

— O candidato me mandou chupar o senhor — dispara. E se agarra na cintura do homem e lhe baixa o calção. É ali no corredor mesmo.

— Calma!

— O candidato me pagou adiantado...

Luta corporal.

— Não! Só Deus sabe o quanto eu preciso de amor, mas o que é isso no seu queixo?

O homem indica a gosma amarela que brilha no rosto e no colo dela, da menina, da velha, à luz mortiça do corredor. É esperma dos outros membros da equipe de comunicação.

— Você é viado?

— Não!

O homem pula para trás, fugindo dos abraços, das mãos e dos beijos melados de uma ventosa na sua cintura. Ela insiste em buscá-lo. Ele a empurra. É sem violência, mas alcoolizada como está, cai sentada no corredor. E insiste:

— O candidato me pagou pra chupar o senhor essa noite.

— Não, por favor!

Ele reage. A menina então se ergue com as mãos na cintura, afetando-se de ultrajada com aquilo.

— Eu sou feia?

— Não!

É só o que ele consegue dizer, agora:

— Não...

— Eu já recebi. Não vou devolver o que já recebi.

A moça... A mulher... a puta velha, ela retira algumas notas da bolsa manchada e fedida, arrastada a tiracolo, para confirmar.

— Tudo bem.

Ele balbucia. Acontece que não está tudo bem. Está é meio enjoado, perturbado com ideias de traição, o calor, o sono que não vinha, vem...

— É que...

E busca uma explicação que não existe, ou não interessa para ela, que bate a poeira e os pelos do carpete que grudaram no seu corpo. E, depois, o dedo na cara dele:

— Você vai dizer pro candidato que eu chupei o senhor, então...

— Claro! Claro!

— Vai dizer mesmo pro candidato que eu fiz o serviço até o fim?

— Tudo bem, tudo b...

Não está nada bem. Ele fecha a porta na cara dela, trancando-se por dentro. A mulher, a menina, então sorri, e sai de lado, andando em curva pelo corredor do hotel, arrastando a sua bolsinha, ajeitando a calcinha por entre as pernas, para apertar a campainha do próximo quarto.

33. Primeiros contatos

Como é sabido, são dois os forasteiros que estão na propriedade neste momento. Confirmando suas identidades: são brasileiros, o assaltante mais velho, pardo, aproximadamente 55 anos, e o rapaz negro, cabeça coberta com máscara de couro, de 20 e poucos anos de idade. Ambos têm passagens pela polícia e pelos sistemas judiciário e penitenciário nacionais. Em suas biografias e prontuários, a expulsão de vários círculos que os acolheram. Acolheram mal, é verdade. De mal a pior, a bem dizer. E, por sorte, ou por azar que seja, pagaram suas penas numa mesma penitenciária do estado, ao mesmo tempo: fizeram amizade e planos para o futuro. Foi na prisão, por exemplo, que o mais velho deles "comprou" este assalto. Houve uma espécie de leilão da história entre os detentos. Não existia moeda corrente, de modo que muitos pacotes de cigarro foram necessários para chegar em primeiro lugar e arrematar a oportunidade, para que todas as informações fossem então passadas pelo rapaz franzino, traficante de cocaína, que as revendia na cadeia. Ele assegurava com todos os requintes de detalhes que lá fora, naquela casa-grande daquele bairro isolado e cercado, mas inseguro por falhas técnicas e humanas básicas nos sistemas de proteção, que ali haveria não apenas os luxos visíveis, mas muito dinheiro escondido! E mais: que era dinheiro escuso, sujo de política: como um ladrão roubar do outro, entendeu?

— Dou-lhe uma... Dou-lhe duas... Douuu-lhe três! Vendido para o cavalheiro ali...

— Deus que nos perdoe! — riam o ladrão mais velho e o rapaz franzino, fechando negócio. O jovem traficante de cocaína dizia conhecer alguns empregados da casa e um pedreiro que fizera serviços em vários cômodos daquele imóvel, que conhecia as suas reentrâncias e saliências, lugares de esconder recursos financeiros nacionais e estrangeiros, joias raras, as falhas na proteção daquele palácio, os dias de eventos e os colaboradores a quem subornar para se colocarem lá dentro.

— Um tesouro a céu aberto! — quase, na visão deles. Era um tanto isso mesmo. E um conto de fadas, também.

— Assalto sério hoje em dia custa caro! — o assaltante mais velho sabia. E agora, arma em punho, treinamento de paraquedista na juventude, no exército, ele vai na frente, se esgueira pelo meio das árvores e pelos muros e paredes da edificação, sempre camuflado, escondido, para que tenha a surpresa ao seu lado ao encontrar com o inimigo, isto é, as suas vítimas. Já o mais novo, dispensado do serviço militar por excesso de contingente, mais sensível à beleza das coisas, talvez, ele se sente tocado pela harmonia do jardim, pela grandeza da propriedade, pela distribuição das árvores em fila indiana na alameda da entrada — o que ele entrevê com dificuldade pelos furos da máscara —, o paisagismo eclético, as carruagens importadas brilhando na garagem, a fusão de leveza e brutalidade da arquitetura concretista, as luzes rebatidas da piscina, que se agitam pelo ar numa espécie de encantamento, de hipnotismo, que o enleva, o atrai... o rapaz, o menino...

— Vem pra cá, seu porra! — tira-o dos devaneios o mais velho da dupla. E de um modo que peritos, a seu tempo, podem calcular e demonstrar, vê-se que da posição em que se encontram os anfitriões e as visitas à mesa, nas portas de vidro Blindex se abrindo para a área da piscina, eles notam refletidas as imagens de um par de homens que parecem flutuar magicamente sobre as águas! São apenas reflexos sobrepostos, por certo.

— Mas... — o primeiro a vê-los surgirem de verdade na sala é o anfitrião, que sempre escolhe essa posição na cabeceira da mesa, onde acha que pode dominar o mundo. — Como assim? — ele joga o seu guardanapo de pano numa das mesas de centro e vai em direção aos recém-chegados. — Vocês? — no começo é como um desatino momentâneo — isso acontece com quem sente o suspiro seco do medo, e o dono da casa pensa, se é que pensa (ou quer pensar), que aquilo não deve passar de um mal-entendido, que aqueles dois homens de preto, eles tinham se extraviado em algum serviço prestado nas redondezas, por certo, e no fim (como se não houvesse seguranças armados nas esquinas, muros e cercas eletrificadas na propriedade), claro, por um mero descuido, porque hoje é sábado, eles atravessam o seu jardim...

— Não, senhor: isso é um assalto — esclarece desde logo o assaltante mais velho, para não perderem tempo com mesuras. Combinou com o outro ser ele a falar tudo, e o rapaz permanecer em silêncio, concentrado para o que viesse a pedir dele, quando e se fosse o caso.

O que é aquilo, meu Deus? — para as mulheres, os dois homens negros e a máscara de couro no rosto do jovem evocam terrores antigos, torturas medievais, modernas, abusos sexuais, pelourinhos, sevícias, desejos, mas não se sabe se alguma delas conhece a crônica policial recente, de assaltos e estupros de empresários e políticos nos bairros nobres da cidade. Nisso o convidado, o escritor promissor, se ergue e se aproxima do anfitrião, como se quisesse, ao seu lado, fazer frente aos dois estranhos, mas quando os assaltantes exibem suas armas de fogo o ímpeto cessa: calma, muita calma nessa hora...

34. Wikipédia II

Pit bull é a abreviação de American Pit Bull Terrier, considerada raça pura pelo United Kennel Club (UKC) desde 1898 e pela American Dog Breeders Association em 1909. É originária dos Estados Unidos, mas descende do antigo Bull and Terrier das Ilhas Britânicas, pelo cruzamento do extintos Bulldog e Terrier. Eram cães destinados aos esportes sangrentos, muito em voga nessa região entre os séculos XVII e XIX. Com a grande fome da Irlanda, muitos desses cães cruzaram o Atlântico com os seus proprietários, em busca de melhores oportunidades no Novo Mundo, e ganharam a América. *Pit* era o nome dado ao fosso em forma de arena onde se realizavam as *bull-baiting*, lutas em que os touros ficavam amarrados em estacas e eram atacados por cães (que se penduravam em suas orelhas), até serem derrubados, finalizando-se assim o combate. Eram espetáculos de horror, violência e mutilação, mas os ingleses, sempre ávidos em apostas de toda sorte, despendiam enormes somas nessas competições. Os cães vitoriosos proporcionavam riqueza e fama para os seus donos, mas em 1835 essas competições foram proibidas pelo Parlamento inglês; com isso, as *bull-baiting* aparentemente desapareceram, mas apenas para dar lugar às atuais rinhas de cães, também proibidas, porém mais fáceis de ocultar da repressão policial. Nos Estados Unidos, as rinhas de cães só foram formalmente proibidas nos anos 1970, embora sigam de forma clandestina, com disputas e apostas e campeonatos exibidos ao vivo pela *dark web*. Essas lutas de cães, entre as quais a presença dos pit bulls é constante, costumam obedecer a categorias por peso, como ocorre no boxe. Um cão de porte médio, de pelo curto, de constituição sólida e musculatura bem definida, dotado de alta resistência. Dono de intenso impulso de caça e de uma mordida potente, necessita de adestramento para sua completa socialização. Dado o senso territorial e agilidade em combate inatos do terrier, os pit bulls têm a tendência de manifestarem agressividade com outros cães, embora sejam dóceis diante dos seres humanos. É, aliás, por essa razão, por essa extrema docilidade com seres humanos, que o UKC não recomenda o pit bull para guarda patrimonial... É, no entanto, um animal fiel, com boa capacidade de trabalho, forte, sem dificuldades respiratórias comuns à raça de origem. Quanto à pelagem, todas as cores são aceitas como autênticas, à exceção do merle e do albinismo, que os desclassifica. ATENÇÃO: não existem estatísticas consolidadas em caráter mundial confiáveis que comprovem as teses do International Shark Attack File/Florida International University, de que anualmente morrem mais vítimas de ataques de cães domésticos do que de tubarões.

A recente popularidade dos pit bulls gerou muitos cruzamentos inescrupulosos e mestiçagens indesejadas. Trata-se de um cão atleta, para ser criado solto, que requer pelo menos uma hora diária de exercícios ao ar livre, ocasião em que, pelo exposto acima, recomenda-se o uso de focinheira.

35. Na hora da refeição

— Calma é o caralho! Não fala calma pra mim! — os criminosos avançam para dentro da sala, agora sob seu domínio. Para deixar isso ainda mais claro, o mais velho deles chuta uma escultura inglesa de vidro com cimento, que se quebra. O mais novo, uma cadeira de palha indiana, uma mesa de centro de latão brasileira, que se amassa. O proprietário se afasta, cioso de seu patrimônio e temendo pela vida, enquanto esclarece que "eles podem levar o que quiserem, tudo o que quiserem!".

— Por que eles falam sempre a mesma coisa nessa hora? — pergunta-se em voz alta o mais velho, voltando-se para o mais novo, que não entende. Só dava mais raiva nele o que aquilo representava: podiam os anfitriões e seus convidados perderem tudo o que tinham ali de fato, e ainda assim não perderiam nada de verdade, nada que não pudessem recuperar com seguros de bens, de vida e com a ação da polícia, pensa, se é que pensa, porque de imediato precisa saber se há mais alguém na casa. Os patrões informam sobre as empregadas na cozinha. O mais velho ordena ao rapaz que vá buscá-las. A mulher, a dona da casa, oferece uma garrafa de bebida alcoólica (uísque norte-americano quatro anos) ao assaltante, que sorri e agradece, mas não aceita. O assaltante de cabeça coberta traz da cozinha as duas empregadas aterrorizadas sob a mira da sua arma de fogo, de grosso calibre, de mãos para o alto, em plena sala da casa de família.

— Deus nos proteja! — implora a funcionária mais velha, ainda com seu avental de cozinheira cheio de nódoas de fritura. O líder dos assaltantes pede que elas sentem no sofá, que baixem as mãos, já que nada disso as afetaria, se cooperassem com o seu silêncio, omissão e obediência.

— Isso também vale pra vocês — alerta o assaltante líder aos demais, os assaltados, antes que pensassem qualquer coisa. As empregadas hesitam em se sentar. Têm medo. A mais velha, de avental engordurado, ela sabe que não está autorizada a pousar o traseiro naquele móvel, lembra do trabalho que dá para lavar, tirar o pó encravado, os botões grudentos, o encardido encalacrado: vai tudo sobrar pra mim... — ela pensa, se é que pensa em tanto esforço... Mas o rapaz fortemente armado diante dela interrompe seus raciocínios de empregada. Insiste que elas podem, que devem se sentar:

— Hoje a casa é da senhora!

A empregada diarista, mais nova, é a primeira das funcionárias presentes a sentar-se. Desaba nas almofadas como se fossem suas. A dona da casa, indignada, repara nisso, mas pensa, se é que pensa, que a sua hora vai chegar, ah, se vai, logo depois disso... A outra, a empregada mais velha, como se ouvisse o pensamento da patroa e temendo por seu emprego, ela se coloca com mais cerimônias, segurando o avental enodoado, cuidando que ele não macule a pureza e limpeza do couro.

Pobre coitada... — emocionam-se os donos da casa — e os seus convivas, também, por que não? —, que em meio a tanta tensão sabem apreciar — e até consideram nobre — o comportamento da funcionária.

É o melhor material humano do nosso país — pensam eles, tanto o casal de anfitriões como os seus convidados, cada um à sua maneira. Tentam, de maneira orquestrada, passar uma impressão de calma e de serenidade, mas (assustados, como estão de verdade) buscam apressar os bandidos, tirá-los daquela sala, daquela casa, o quanto antes. Por isso, imaginando o que eles desejam, tiram e estendem os seus relógios e correntes de ouro, suas carteiras de dinheiro e cartões de crédito internacionais, chaves de automóveis importados para a fuga...

— Tome, toma... — o ladrão mais jovem até que pensa, se é que pensa em tudo aquilo, mas o outro bandido, o líder da ação (aquele que pagou por ela dezenas de pacotes de cigarro), mantendo a todos sob a mira de sua arma, ele se irrita, e protesta:

— Ninguém aqui é rato para se contentar com migalhas! — E complementa: — A nossa demora aqui só depende de vocês... — encosta a ponta de sua pistola brasileira (cujos problemas de disparo acidental são conhecidos pelas forças policiais e militares) no peito do dono da casa: de você, principalmente. Em seguida, ele retira do bolso um saco de supermercado e abre-o.

— Quero o celular de todo mundo aqui dentro! — E indicando as empregadas: — De vocês também. — Ele recolhe os aparelhos, quatro bons e dois ruins. Depois, com um simples gesto, alerta o seu comparsa de cabeça coberta, calado até aqui, conforme o combinado. O rapaz se vira e abre a porta que oculta a escada para o andar de cima, como se conhecesse o lugar nos seus detalhes sigilosos.

— Um momento... — na sala, não sem certa repugnância, o dono da casa quer impedir uma invasão maior, faz menção de querer negociar qualquer coisa, um valor que eles possam arranjar entre eles naquele momento, quem sabe, algo que eles possam pegar de uma vez e levar antes que seja tarde, que alguém perceba, que o alarme soe na central de monitoramento, ou que "a nossa segurança lá fora" note qualquer coisa de estranho, tome alguma providência...

Os dois assaltantes riem com vontade disso. Os donos da casa e os convidados ficam sem entender esta reação (vão entender mais tarde, com as investigações, e vão rir por último, como sempre). O rapaz, por fim, sobe para o segundo andar e nós vamos com ele. No andar de cima, mais deslumbramento com a riqueza que ele nunca teve: são vários os cômodos que se desdobram, uns mais identificáveis do que outros, que parecem se multiplicar a partir desses corredores amplos, arejados e iluminados, como se fossem eles próprios áreas de convivência e não apenas locais de passagem.

No quarto do casal, por exemplo, que é o primeiro e maior deles, o rapaz se senta na cama, para conter a vertigem do espaço. Em seguida, vê um robe atoalhado jogado numa poltrona de canto, cujo perfume químico de limpeza chama sua atenção. Veste. São aromas novos para o seu nariz de viciado. Suor e perfumes de outras gentes. No espelho de corpo inteiro, com a cabeça coberta, ele parece um lutador mexicano. Ri-se do seu tipo. No banheiro, xereta a escova de dentes elétrica, sente cócegas na gengiva. Cospe. Uma calcinha suja jogada no chão do chuveiro, ele pega e cheira. Guarda no bolso da calça. Despe-se do robe atoalhado. Mija fora da privada. Sai para continuar sua inspeção. Reconhece um quarto de menina. Entra. Papéis de parede com flores psicodélicas, estantes de bonecas e livros de bichos. Um relógio de pulso do Mickey na mesa, que ele também embolsa. No fim, experimenta um aparelho no quarto de ginástica, mas prende o dedo no encaixe dos pesos de um quilo. Leva o dedo prensado à boca e chupa. Evita assim o grito de dor. Desce. De volta à sala, o seu comparsa ainda está contendo os ânimos e as possíveis reações dos moradores, amigos e funcionários sob a mira de sua pistola 380.

O rapaz cochicha ao seu ouvido.

— Onde está a menina? — quer saber o líder dos invasores. O dono da casa explica que aquele é o quarto da filha, que ela está viajando. — Não brinca comigo!

O mais velho insiste em ameaças e os donos da casa se dizem dispostos até mesmo a atrapalhar a polícia, por exemplo, jurando que iam demorar para denunciar o crime, que o fariam no dia seguinte, ou depois, de modo que os dois invasores tivessem frente para escapar e, claro, todos os bens materiais que pudessem carregar com eles: peguem e vão embora!

Diante disso, o mais velho ri. Só ele ri agora, e diz:

— Eu quero mais.

— O que mais vocês querem de nós, meu Deus? — implora por saber o assessor político, o proprietário do imóvel, como se perguntasse por todos os outros, mas os assaltantes, em especial o mais velho deles, não parecem ter urgência em responder à questão. Tanto que atravessa a sala inteira, se aproxima da mesa servida e observa em silêncio a refeição abandonada no meio antes de chamar o comparsa, com um movimento de cabeça. Só então é que ele responde ao clamor do dono da casa:

— Primeiro, a gente vai jantar.

36. Coisa simples, refinada

Diante dos proprietários do imóvel, dos anfitriões e de seus convidados, o mais velho dos assaltantes indica para o mais jovem uma cadeira à mesa. Animado com o espetáculo gastronômico, o rapaz se senta e de pronto puxa para si um prato servido de moqueca baiana, arroz, pirão e salada marselhesa que se encontra nas proximidades, quase intocado por um dos comensais. Dá uma garfada, mas o comparsa o impede de levá-la à boca. Ainda em pé, ele se volta para os presentes e reclama:

— Precisa recolher essa sujeira!

Como se fosse uma ordem do seu patrão, a empregada mais velha, acostumada a obedecer, ainda com seu avental de cozinheira, ela se adianta para fazer o serviço, mas o ladrão experiente, com um gesto enérgico, ordena que ela pare. — Não a senhora, elas — indica as mulheres sem uniformes, vestidas para festa. A velha empregada, teimosa em suas manias e obrigações, ela faz que não ouve e prossegue em direção à mesa. Agora é o rapaz que a detém, segurando firme o seu braço magro:

— Não se meta, tia, não faça besteira.

É um conselho do rapaz, quase um menino, mas a empregada/cozinheira vê o brilho frio do ressentimento assassino em seus olhos. E ele tem aquele brinquedo, um braço armado, uma escopeta da qual não se separa. Assim, como a cozinheira conhece de sua própria casa os problemas dos jovens solitários, desolados e armados que vagabundeiam pelas periferias, e do que são capazes apesar de toda a educação e corretivos que recebem, ela se aquieta, balbucia:

— Isso é um absurdo...

O dono da casa, humilhado em seu próprio território, ele ameaça reagir e dá um passo para impedir aquilo, que a sua esposa faça o trabalho degradado e repetitivo para o qual ele paga funcionários e fornecedores, mas a presença entre eles da pistola 380 brasileira, da escopeta 12 norte-americana e do seu próprio instinto de sobrevivência, afiado, tudo isso o inibe de seguir além com o protesto.

Pergunta-se em silêncio: onde está aquele cachorro filho da puta? Os dois ladrões não contêm os doces sorrisos de vingança que lhes sobem à boca e saboreiam esse momento incomum enquanto as duas mulheres brancas, maquiadas e trajadas como se fossem a um desfile, retiram os pratos, talheres e guardanapos usados, colocando-os numa mesa auxiliar.

— Tudo novo agora, faz favor... — e elas pegam pratos e talheres num armário de serviço da sala de jantar e os colocam diante deles. A dona da casa dispõe os talheres conforme a sua etiqueta, instintivamente. Os guardanapos (egípcios de origem, trançados em múltiplos fios de algodão), eles surgem do perfume de uma gaveta.

— Queremos de tudo um pouco... — anunciam os insatisfeitos, que agora exigem que elas lhes sirvam a comida. Elas o fazem solícitas e indignadas ao mesmo tempo. O convidado, o escritor promissor, claustrofóbico e assustado, ele tem um pico de taquicardia. Respira fundo. Lança olhares a esmo. Esfrega os pulsos e o próprio peito. A mulher o observa enquanto trabalha para os bandidos: calma, querido!

— Vocês duas! — Agora os assaltantes resolvem que as empregadas comerão com eles. A diarista, de novo, não desgosta e toma o lugar que era da esposa do convidado; reserva o lugar antes ocupado pelo dono da casa para a mais velha, que se senta, mas vai se recusar a refeição que fez: deixa de ser boba!

Toca bossa nova, é uma playlist longa.

— E eles, não trabalham?! — O que acontece então é que os dois casais que eram servidos passam a servir as empregadas e os bandidos à mesa. Os criminosos ficam embevecidos com as múltiplas camadas de sabores que se desprendem dos pratos, a explosão dos temperos, o perfume das iguarias, e não se furtam de elogios à rainha da cozinha, da moqueca baiana, a empregada cozinheira. Ela não se sente à vontade para demonstrar a vaidade que tem, mas vê-se considerada, naquele momento, pelo menos:

— Obrigada — agradece com dureza. A diarista, que não sabe o dia de amanhã, ela come mais uma vez, mais um prato cheio, por via das dúvidas.

37. Fuga alucinada

São tantos os prazeres gastronômicos à mesa que os funcionários e bandidos quase se esquecem dos reféns perfilados num canto da sala e acontece um pequeno imprevisto: o convidado de honra, o escritor contemporâneo, aproveita-se desse descuido e resolve fugir. Sai correndo por uma das portas de vidro abertas, ganha a área do jardim, pula um dos lados da piscina e quase cai na água, mas se equilibra e continua correndo até que algo no caminho o paralisa. É o pit bull da casa estendido no meio dos arbustos, inerte. Uma poça de vômito no chão, ao lado do seu focinho. Insetos em revolta... Os vermes já estão fazendo o seu trabalho! — admira-se, ou pensa, o convidado, se é que pensa, porque, ao notar a aproximação do jovem bandido e de sua escopeta 12, o escritor promissor retoma sua fuga tresloucada, corre em disparada na direção do muro com cercas eletrificadas que contorna a casa, tomando impulso para um salto...

Pelo amor de Deus, é agora! — ele é ateu, mas reza. Acontece que já não tem força espiritual, física ou a agilidade para transpor aquele obstáculo. É sedentário, come e bebe demais e nem consegue se agarrar à parede, quando tenta. Bate e escorre arranhando pelo muro como um gato gordo e arruinado. Resfolega, ataca o reboco, tenta, tenta grotescamente, mas cai outra vez. Cai e é subjugado pelo bandido e sua arma de fogo.

— Vamos pra dentro, seu doido... — e, de volta à sala de jantar, os dois bandidos decidem amarrar e amordaçar os donos da casa e seus convidados enquanto se alimentam a contento.

— Verme! — cochicha-lhe com ódio e ressentimento a esposa, a antropóloga, a mulher do escritor contemporâneo, mas essa conversa não prossegue, porque os criminosos já estão utilizando as toalhas e os guardanapos sujos para prender e calar a todos muito bem. As empregadas permanecem sentadas, até que a diarista resolve trazer o pudim comprado para sobremesa: é mexicano, com sorvete de pimenta calabresa. Ela ainda come um bom pedaço, mesmo sem gostar, por via das dúvidas.

38. Sua Excelência, o candidato II

Quando o jovem escritor tomou para si a assessoria de marketing da campanha, a situação estava uma bagunça e o candidato em terceiro lugar.

— Terceiro colocado é uma derrota do caralho! — ele gritava desbocado, recém-saído da carreira literária, acreditando que assim estimulava uma equipe incompetente a vender um programa político. Para se projetar nestas épocas, ensinava, era preciso aparecer multifacetado, ao lado das diversas minorias esquecidas e nos vários contextos de nosso mapa étnico e cultural, mas o principal problema de conceito na candidatura se referia justamente à escassa presença do povo na vida pública do candidato, da qual sua trajetória era carente mesmo, mas que agora se transformava num sério problema de imagem, e numa necessidade urgente à pretensão do cargo em disputa. Para dificultar a comunicação, o candidato era calado e frio como um quadro branco, vazio de quaisquer interesses a ponto de ser considerado "um desonesto que faz". Cheirava cocaína como esse ar que se respira, mas ninguém queria provar, e afinal quem não tem os seus vícios e desvios? Além disso, não tinha muito para afirmar, imprimindo seu enfado a cada pronunciamento.

Após algumas tentativas frustradas de aproximá-lo da população em festividades programadas para a coleta de imagens, constatou-se a indiferença total dos eleitores. O diretor de TV pressionava o jovem escritor contratado, o novo assessor de marketing, porque precisavam cada vez mais de cenas do povo e do candidato em meio ao seu seio, sob pena de naufragarem todos nas pesquisas de opinião. Muitos opinaram em reuniões intermináveis (a maioria ganhava por hora/reunião), com propostas de agenda inexequíveis, quer porque havia regiões perigosas para o candidato, quer porque ele temia as demais regiões sem qualquer razão conhecida por seus guarda-costas. Foi quando o jovem assessor, disposto a resolver o problema de qualquer maneira, demonstrando mais uma vez que o seu verdadeiro gênio era para propaganda, ele mandou buscar três maços de dinheiro no banco mais próximo: um com notas de 50, outro com notas de 20 e o terceiro com cédulas de 5, que ele ordenou ao candidato pôr nos bolsos do paletó e distribuir em praça pública, utilizando-se de um maço ou de outro conforme o aspecto de quem lhe aparecesse pela frente.

O candidato obedeceu e foi às ruas naquele mesmo dia, seguido por seu *entourage*. Demonstrando grande sensibilidade para as quantias devolvidas diretamente ao bolso dos contribuintes, cercou-se de uma multidão de operários, comerciantes, funcionários, desempregados, migrantes e mendigos, que as equipes de vídeo gravavam em êxtase, mas cortando tudo a certa altura — escondendo a oferta sub-reptícia dos valores financeiros, mas registrando, um pouco acima, com boa iluminação, os close-ups do homem público e das faces fulgurantes dos cidadãos ali presentes, como se fossem a mais pura expressão de seu apelo popular.

Em pouco tempo dessa iniciativa pioneira, o candidato fadado ao fracasso tornou-se uma celebridade. Emoldurado pelo sorriso cúmplice de seu eleitorado, conquistou, no mês seguinte — com a força e o crédito das urnas —, o posto de governador de seu estado natal. Obrigado. Aplausos.

39. E agora?

Agora os criminosos empurram os pratos raspados e lambidos, se erguem da mesa e se curvam reverentes às habilidades da cozinheira.

— Inesquecível, senhora... — a empregada fica lisonjeada, dentro do possível, à sua maneira. Os dois arrotam de satisfação também, e desavergonhadamente: para causar espanto nas vítimas, impressionáveis com maus modos. É o final da refeição e os bandidos retomam o assalto. O líder da dupla apanha a cadeira em que estava sentado e a coloca diante do dono da casa. Ele está manietado, calado, sentado no chão e apoiado num dos sofás, ao lado da esposa e de seus convidados. A anfitriã vê as marcas que os pés da cadeira fazem ao serem arrastados com desleixo pelo chão de tábuas certificadas, recebidas em pagamento de campanhas políticas anteriores em cidades e florestas do norte. Chora por dentro. O bandido senta-se na cadeira diante do anfitrião. A dona da casa diria qualquer coisa, se pudesse, mas os seus olhos mostram o terror e a repugnância que sentem ela e os outros com esta proximidade. As empregadas mantêm suas posições na mesa desarrumada, guardada pelo mais jovem e sua escopeta calibre 12 inseparável. Todos foram destratados da mesma maneira até agora, mas isso vai mudar. O assaltante mais velho usa um dedo para baixar a mordaça do proprietário:

— Onde ficam os cofres?

Diz assim mesmo, no plural, certo de que as suas informações estão corretas e aquela casa-grande, com suas reentrâncias e saliências, é, na verdade, uma casa de moedas!

— Como é que é? — Testado no cinismo de quem transforma os maiores fraudadores do país em homens públicos, o proprietário do imóvel ri. O criminoso não gosta do que vê, da pergunta, mas ele não espera que o outro ceda tão depressa. Insiste em saber do dinheiro guardado nas paredes, em caixas de segredos. O proprietário, do seu lado, repete que não sabe do que o assaltante fala, que ele não tem esse tipo de coisa em casa; que até tem as suas posses, como se pode ver, mas não tem recursos financeiros além desses que carrega na carteira e que ele torna a oferecer aos bandidos. A dele e a das outras vítimas presentes. Chega a sugerir serem todos trancados no banheiro para que os assaltantes pudessem fugir dali com tranquilidade, sumir do mapa antes que a polícia fosse avisada.

— Espera só um pouquinho... — o rapaz, inexperiente até para maiores ambições, mais jovem e com mais medo de voltar para a cadeia, ele ergue o braço, se aproxima do criminoso mais velho e cochicha em seu ouvido.

— Nós não vamos aceitar migalhas, eu já falei! — grita o comparsa em reação, furioso. O rapaz encapuzado se afasta, rabo entre as pernas. O assaltante líder então se recupera. E ri ele agora das manobras diversionistas da sua vítima. — Eu sei quem é você, filho da puta... — insinua, para certo deleite da convidada, da mulher do escritor, que tem pensamentos semelhantes sobre o anfitrião (também sobre o próprio marido), mas não tem a coragem de dizê-los com todas essas letras.

Do lado oposto, os criminosos não estão ligando para o que os convidados e anfitriões pensam uns dos outros, se é que pensam. O que o mais velho deles sabe é que o imóvel guarda boladas, recursos financeiros em alguns lugares daquela casa, cuja localização ele precisa fornecer...

— Mas eu não sei de que dinheiro você está falando! — Denega e denega o proprietário, sem se abalar, aparentemente.

— Dinheiro sujo — confirma o outro. E revela, como se fosse uma prova da autenticidade de suas afirmações, que as comprou na penitenciária do estado, que pagou caro por elas, pela informação privilegiada de que naquela casa existem cofres lotados com doações ilegais e sobras milionárias das campanhas políticas de seu partido de bandidos... — Você é um mala preta salafrário! — acrescenta, para maior satisfação da convidada antropóloga, a esposa do escritor promissor, contida atrás da mordaça. Algumas das piores lideranças são citadas em xingamentos: esse merda desse candidato à Presidência, por exemplo. O comparsa mais jovem, contratado a preço fixo, ele se surpreende com esta revelação e se incomoda com o destaque de suas vítimas:

— Você não me disse que era gente importante...

O assaltante líder desconversa. O dono do imóvel diz que ele e a mulher não têm cofre, que lamenta, mas que ele, eles, os bandidos "deram azar", que é um absurdo, que ele, o líder dos assaltantes, pagara por uma informação furada; que trabalhava com política, sim, era assessor do candidato à Presidência, de fato, mas não lidava com dinheiro e, por fim, que o seu partido, o partido deles, não era do tipo "tradicional, vendido".

— Sim, senhores! — Nisso é o amigo, o escritor contemporâneo, que, para surpresa e desprezo da esposa, desvencilha-se de sua mordaça e confirma que era isso, aquilo mesmo, que eles não eram gente "daquela espécie", que estavam tentando transformar as coisas "para melhor neste país"; que tinham mais em comum com eles, os bandidos, os marginalizados, do que com a vizinhança burguesa em torno...

— Chega! — Revoltado, o criminoso vai à estante de troféus. Apanha o maior e mais sólido que ele encontra. Volta para junto de suas vítimas e ergue o objeto acima da cabeça, preparando o golpe...

40. Soldado universal

Enquete publicada numa das mais influentes revistas de assuntos bélicos confirmou o que suspeitávamos: a tendência para a substituição dos mercenários tradicionais — de origem, comportamento e currículo duvidoso — pelos soldados profissionais de nosso país. O contingente nacional, formado por membros desligados das forças armadas todos os anos, já está condicionado material, mental e moralmente, barateando e, ao mesmo tempo, tornando mais eficientes os serviços de segurança de personalidades de alto risco no mundo inteiro. São lideranças de países ocupados, políticos exilados, juízes de direito e legisladores conhecidos, bem como autoridades do desporto e do cinema, cada vez mais necessitados de proteção para o desenvolvimento de suas atividades. E o nosso país é um dos que mais exporta esse serviço; homens e mulheres treinados no fogo cruzado, versados em técnicas de interrogatório, paraquedismo, guerrilha urbana e rural, que reencontram suas vocações paramilitares em conflitos distantes, de onde remetem divisas significativas para o sustento da família e a composição do PIB. Para os clientes e analistas consultados, nossos combatentes apresentam boa performance e baixo estresse pós-traumático, o que eles atribuem ao fato de sobrevivermos desde cedo a conflitos bélicos próximos de casa, aliando a calma necessária dos trabalhadores que desejam voltar ao lar no fim do dia com certa dose de coragem suicida dos que sabem atirar para matar quando tudo mais está perdido.

P.S. Por falta de serviço honesto, no entanto, e por questões de sobrevivência, muitos desses soldados altamente gabaritados acabam se juntando às fileiras do crime. Deus nos proteja.

41. Bota abaixo!

Recuando um passo largo, firmando bem o pé de apoio nas tábuas do assoalho certificado, posicionando o objeto próximo ao corpo dobrado em arco para aumentar o impulso, afetando essa pose de atleta olímpico, o bandido arremessa o troféu grande e sólido contra a parede do fundo da sala, às costas dos convidados. É um estrondo oco e violento. Gritam todos de imediato. De susto, é claro. Foram atingidos por uns poucos estilhaços, mas preveem novas dores e tormentos. Estão certos. O assaltante se aproxima do buraco feito na parede, admira com gosto o seu estrago, arranca um pedaço de reboco, outro e os exibe para o proprietário do imóvel, manietado.

— É por aqui, doutor? — pergunta até que educadamente, mas nem ouve a resposta, pois logo ele se abaixa, pega o troféu de novo e torna a golpear a parede. Explodem mais e mais cacos sobre os anfitriões e convidados. Eles se encolhem e gemem, em terror.

— Aqui? — E de novo ele se vira para acertar o que vier, e atinge em cheio uma pintura modernista brasileira, rasgando um palmo da tela a óleo, arrancando um esgar de dor e pena da anfitriã; da convidada, que conhece o quadro; da empregada mais velha, que tira sua poeira desde sempre. O proprietário também sente muito:

— Senhores, pelo amor de Deus!

É preciso dizer que o pobre rapaz, o menino mais novo dos criminosos, ele se diverte feito criança com essa bagunça. Bagunça e destruição que lhe recordam a escola pública, a prisão do estado, os prontos-socorros insalubres da periferia. Ele bate palmas, as solas dos sapatos no chão, e ri de nervoso, excitadíssimo, agitando todo o corpo com o sabor desta pequena vingança: a de estragar o que ele não teve e nunca vai ter. Enquanto isso, o bandido mais velho mantém sua carga destrutiva...

— Então me diga onde estão as porras dos teus cofres, caralho! — e com este baixo nível ele estilhaça o vaso de vidro de Boêmia e Morávia que adorna um pedestal grego de mármore de Carrara. O anfitrião observa tenso a fruteira de Murano que ainda jaz intacta sobre a mesa, os caroços das mangas tailandesas chupadas pelos meliantes, a moqueca baiana gelada, o pirão grudento, o cheiro de cachaça de Pernambuco, os cristais espalhados em cacos por todos os lados... Calcula os prejuízos...

— Parou de tocar bossa nova, é isso? — ele percebe só agora que o aparelho de som foi afetado pelo vandalismo, mas não trata desse assunto.

— Vocês estão enganados! — insiste, indignado, em sua defesa, mas com pouca autoridade no momento. E, como resposta, o bandido mais velho (mas forte, como se vê) retorna ao seu ofício de destruir e de estragar a casa dos outros, a dilapidar o patrimônio alheio sem parar e a esmo, mais obras de arte, mais móveis assinados alquebrados, cabeças de barro e panelas de estanho de Minas Gerais feridas e rachadas, o revestimento holandês de 1.200 dólares o metro quadrado instalado...

— Está quente ou frio? — "brinca" o bandido sem graça com suas vítimas. Sugere que vai destruir a casa-grande inteira até localizar o maldito cofre. Vários deles, segundo pensa, se é que pensa, nessa hora de pico de energia, de adrenalina no sangue das veias... É como uma droga. Cocaína boa, por exemplo.

— Oh... — sofre a dona da casa, meio que deitada num dos tapetes da sala (de origem turca), enquanto se contorce, se encolhe e se estica, se comportando como se a golpeada fosse ela.

— Deus nos proteja! — os convidados mais ou menos ateus e as empregadas mais religiosas, todos rezam, aos trancos e barrancos, cada um para o seu Deus de estimação, em pedidos pela vida. São questões de vida e morte, realmente. E eles se encolhem num canto, plenos de medo, para se protegerem da crescente ira e exasperação do bandido mais velho e mais experiente, mas que se descontrola de vez, arremessando pratos e copos e garfos e facas de prata...

— Cuidado! — gritam desesperados por dentro das mordaças. E ainda assim, apesar de estarem todos subjugados, sob intenso ataque de fúria sanguinária e violência gratuita de criminosos, o anfitrião continua jurando não ter nem um cofre sequer em sua casa; nem mais bens ou valores do que aqueles disponíveis em suas carteiras de dinheiro, o que ele pudesse carregar num dos carros importados da garagem, etecetera, etecetera...:

— Tome a chave daquela Mercedes, da BMW, vá-se embora, meu amigo!

É nesse instante que o bandido mais velho, mais experiente e não menos agressivo por isso, ele para; se cansa da pancadaria, das risadas histéricas do comparsa, das desculpas de suas vítimas...: nós temos um impasse.

42. Indulto

Foi na época de Natal, antes de encontrar Jesus. A pena ainda era curta. A cadeia sem facções. O tédio explícito, mas as drogas importadas da rua garantiram uma rotina de calmantes, bom comportamento e o direito ao indulto. Ele é mandado para fora por cinco dias, com duas passagens de ônibus e as roupas do corpo, com as quais tinha dado entrada no sistema penitenciário. Fediam de guardadas em gavetas da burocracia do Estado. Tem as festas de família e ele não quer chegar em casa de mãos abanando, como antes, como sempre. Quer um enredo melhor para este reencontro... É quando ele pensa em comprar uma cesta de Natal — se é que pensa, porque, para viabilizar essa compra, resolve assaltar um posto de gasolina. Com três ou quatro telefonemas, consegue alugar uma pistola 24/7 brasileira, por 50% do produto do roubo. Os postos de gasolina estavam mudando, ganhando luzes e telas de cinema, filmes de sexo explícito, farmácias e supermercados de congelados finos. É um lugar tão bonito de se ver e tão desprotegido de se atacar que ele se anima de vez. É também um lindo dia de domingo, o que tornaria tudo mais fácil, mais relaxado e inseguro. Com a arma escondida na cintura, ele avança para o escritório do posto, como se fosse comprar cigarros com café expresso e só na porta de vidro — que se abre automaticamente e o assusta quando ele se aproxima — ele saca e aponta para a moça do caixa. É uma pistola brasileira e a funcionária levanta a mão de imediato. Paralisada, no entanto, ela não lhe obedece às ordens de esvaziar o caixa. A moça aterrorizada, a menina trêmula insiste em olhar para a porta do banheiro, cuja descarga finalmente é acionada. Não dura um maldito de um segundo e a porta se abre. Nunca foi pessoa de sorte e aquele era o seu dia de azar. É um policial muito bem fardado que sai dali e o flagra em pleno assalto. Num impulso, ele saca o revólver 38 da corporação, mas é tarde... No instante em que o assaltante se volta e aponta para ele, a arma dispara. Um tiro certeiro no peito do guarda, cujo furo se alastra em vermelho vivo por cima da farda. O assaltante, o assassino, ele foge sem rumo, mas vai ser localizado numa caçada humana, na casa de certos amigos, ou comparsas que sejam. Vai alegar que o disparo foi acidental, mas ninguém vai querer ouvir o seu lado da história (nem os tais amigos, com receio da vingança dos homens da lei). O suposto defeito da arma brasileira não vai aparecer no inquérito. Não vai ser mencionado nos autos. O assaltante vai apanhar na delegacia, durante o julgamento e ser preso de novo. — Bem feito — disseram os seus próprios parentes, os que ele queria agradar com a cesta de Natal.

43. Atentado violento ao pudor

— Assim o senhor não me dá alternativa... — e, como se essas palavras um tanto desconsoladas do assaltante mais velho despertassem o mais novo para as suas obrigações, ele se ergue e se dirige ao centro da sala. Faz alongamentos, se espreguiça. Demora nisso, nessa exibição ridícula. Está fora de forma. Alimenta-se mal e desordenadamente. Não sabe que é diabético e não vai sobreviver. Ele ainda hesita um tempo, mas o líder lhe faz um sinal insistente, peremptório, de que sim, que é agora, então o rapaz pousa a sua escopeta 12 no sofá, baixa sua calça e roupa íntima. Enverga-se para mostrar o maior e melhor ângulo do seu pênis, mas não é necessário. O membro ainda está em repouso, mas assusta a todos o seu tamanho desproporcional, caindo para o chão e balançando feito tromba, batendo como um tapa perto do joelho. — Meu Deus! — A diarista, que já viu e sofreu de tudo um pouco, ela não consegue conter o espanto. Segue-se um silêncio cheio de significados, de imaginações fantásticas, de desejos reprimidos e liberados, de pensamentos enviesados, sórdidos, lúbricos, racistas e preconceituosos...

O anfitrião e seu convidado se insurgem e se agitam no chão da sala:

— Vocês não podem fazer isso!

Os homens estão bem amarrados por cima do tapete turco, mas com esforço eles se arrastam feito cobras para ficarem mais próximo das esposas. É no intuito de protegê-las da desonra para eles e da violência sexual contra elas (nessa ordem), pensam, se é que pensam...

— Pensem duas vezes antes de fazer essa besteira! — É a empregada mais velha, que cobriu os olhos para não ver, ela quem faz o apelo. Pensa no filho em condicional pelo artigo 33 que está em casa, pensa na mãe deles, dos criminosos, que também são filhos de alguém, e acha que um lembrete maternal sobre as agravantes do crime em curso ainda pode lhes dar razão, impedir que assaltantes e estupradores experientes como aqueles seguissem com os seus propósitos...

— Esquece, tia — não é assim que vai acontecer. Este não é o país deles, mas é o seu momento de desforra, estão ali para o que der e vier, ainda que não saibam que aquilo que vem não será nada bom para eles, ao fim e ao cabo. Mas isso ainda vai acontecer. Não é o caso, agora. Vai ser logo. Por enquanto, as duas mulheres brancas estão caladas por trás das mordaças, mas observam a cena dramática com vivo interesse e receio de se tornarem mais vítimas do que já são.

Aliás, convém notar que, num passe de mágica, como se colhesse daquela situação tensa e conflituosa o seu alimento poderoso, o pênis do rapaz assaltante desperta e se levanta; sobe-lhe do ninho do ventre como uma cobra gorda e deformada, cuja cabeça roxa, rombuda e venenosa aponta de um lado para o outro, de um lado para outro, selecionando vítimas potenciais: horror, horror, horror!

Os dois homens brancos tornam a forçar as amarras dos pulsos e das pernas, mas eles não têm a força que desejam, é claro, é tudo inútil e escandaloso:

— Vocês vão escapar para onde, eu lhes pergunto?

Em seguida, o criminoso mais velho esclarece que os seviciados serão justamente os dois homens brancos: primeiro o proprietário do imóvel, depois o seu convidado de honra (nessa ordem), não as suas mulheres. As duas seriam convidadas a sentar-se num dos sofás e observar o desenvolvimento da cena em primeiro plano, junto com as duas funcionárias:

— A não ser que vocês queiram que o meu amigo aqui cuide das suas esposas também...

É uma pergunta que fica sem resposta.

44. Receita de subúrbio

Quando é na minha casa eu uso a bacia de alumínio mesmo. Põe um copo de água, um de farinha, bate um ovo e mistura também. Aí põe um pouco de açúcar, outro pouco de sal e um tanto de fermento. O óleo no fogo. Meto a mão na massa. Aperto e solto. Desarrumo e aliso. Não pode empelotar. Tem que ficar grosso, mas não grudento. Pega com uma colher de sopa. A quantidade de uma colher mais ou menos cheia. Aí empurra com o dedo pra cima da gordura. O óleo bem quente. Tem que pôr bem de perto pra não espirrar. E tem que ter cuidado. É questão de minutos. Depois de dourado e seco no papel toalha, passa no açúcar e na canela. Tem gente que chama de bolinho de chuva, eu chamo de bolinho de água. Meu filho adora, adorava...

45. Assédio seguido de estupro

O jovem escritor promissor, esse mesmo, está lançando um livro e fazendo uma palestra numa universidade perdida no interior do país. No auditório, ele flerta com uma fã leitora e, depois do evento, terminam os dois na pacata noite local. Encontram um boteco em que bebem, riem, gracejam. O debate é animador e cheio de "provocações eróticas" da parte do escritor. A fã, tímida, se retrai. Quando o bar fecha, ele ganha uma carona da moça até o hotel. Ali, no estacionamento, o escritor insiste que ela suba para o quarto. A fã reage, quer "separar as coisas", mas o escritor promissor está alcoolizado, um tanto "fora do normal", pressiona, força beijos e abraços na garota, e, por fim, "perdendo a paciência", ele se torna agressivo, a segura, arranca as roupas da menina e, de forma desajeitada, mas violenta, o homem a penetra ali mesmo. Rasga a criança por dentro. A fã, paralisada de dor e de espanto, se torna uma vítima indefesa. Ao final, ele, saciado, "caindo em si", pede desculpas e sai do carro, batendo a porta, correndo para dentro do hotel.

46. A curra propriamente dita

Acabou a conversa. Não tem palavras para o que vai acontecer. Nem é preciso dizer nada. O rapaz está pronto, com a vara em pé. O tempo está próximo e os criminosos não devem abusar dessa tensão. O mais velho deles avança até o dono da casa e o pega pelo colarinho. Ele protesta, claro, mas é arrastado como um saco de batatas até o centro da sala, jogado sobre o tapete turco. Em seguida, o bandido aproxima uma poltrona, raspando o chão, amassando e desfiando o tapete diante da proprietária. Ele torna a erguer o corpo do anfitrião, mas agora o deita de bruços sobre o encosto do móvel. Em seguida, num repelão, abaixa suas roupas, expondo-lhe as nádegas. É brutal. Com os pés e mãos amarrados, o homem da casa não tem como reagir, mas ele ainda se contorce, se enverga, se retesa o quanto pode: assim é pior para você... É o que pensa o rapaz, se é que pensa, porque está calado, conforme o combinado, concentrado no próprio pênis agora, de onde goteja um corrimento perolado, dá uma cusparada na palma da mão e espalha a saliva ao longo do membro.

Ainda é uma exibição, por certo, uma ameaça tenebrosa, um constrangimento indizível... Ainda assim o anfitrião pede, implora por ele próprio em primeiro lugar, e pelos outros em seguida, que não façam isso com ele, essa ignomínia, que não é necessária tanta degeneração e violência, que eles podem arrecadar muito dinheiro ali entre eles, que eles não vão denunciar, se...

O criminoso mais experiente e mais atento ao caos das circunstâncias do que o outro, ele enrola um guardanapo usado e o coloca na boca do proprietário:

— Cala essa boca!

A empregada mais velha vira-se de costas e tapa os ouvidos, como se pudesse desaparecer com isso, escapar das súplicas do patrão aflito:

— Pai nosso que estais no céu, santificado seja o vosso nome, venha a nós o vosso Reino...

Alheio, disciplinado, o rapaz se posiciona às costas de sua presa calada e manietada, separa-lhe as nádegas com as palmas das mãos. Não se protegeu, nem ao parceiro, e isso faz parte da coação e do terrorismo que eles promovem. Ele tem 20 e poucos anos de idade, mas tem o seu método: se abaixa e se contrai, prendendo o corpo num arco e depois se soltando, ganhando impulso para romper com o outro de passagem, de uma vez. Um grito. Outro. É profundo, horroroso e sem dó desde o início. A dor de uma facada, um ferro em brasa, muitas vezes. Queima-lhe por dentro como arma de fogo, rasgando e rompendo as suas vísceras a cada estocada. São várias e descontroladas. Violentas e repugnantes todas.

Eu sou o próximo, Senhor! Sou o próximo, meu Deus! — O escritor promissor, futuro assessor político, quem sabe, ele antecipa o tormento, encolhendo-se num canto. A sua esposa e a anfitriã continuam caladas por trás das mordaças, em meio aos seus piores juízos. Enquanto isso, o coitado do proprietário geme e range os dentes como um animal ferido, torturado. Parou de gritar por socorro ou de dor. Está sendo consumido por dentro, em sua alma, a sua dignidade. Humilhado e constrangido desse jeito, ele chora baixinho. E reza ele também para que acabe logo essa desgraça, que desapareça, ou que morram todos da face da Terra...

Então:

— Papai, o que é isso?!

47. Nepotismo

A família inteira trabalhou desde a primeira eleição do deputado estadual, em seguida federal, depois governador de estado e que agora almeja o cargo máximo entre eles. As duas esposas — a atual e a ex —, que se entendem entre elas como nunca se entenderam com o marido, têm por função implementar e manter os contatos com certos movimentos sociais e religiosos, promovendo bingos, rifas e sessões de pôquer em diversas igrejas e sindicatos de mão de obra em processo de extinção. O primogênito é o responsável pela administração desses recursos materiais e alguns outros arrecadados pelo irmão do meio junto ao mercado financeiro, onde atua excitando os executivos com mulheres menores de idade e velhos planos de expansão do crédito, para em seguida ameaçá-los com a presença da polícia, a fiscalização do imposto de renda e leis restritivas à circulação do capital. O filho mais moço, tido como excêntrico, doente e internado diversas vezes para recuperação em sanatórios, mas que quer colaborar com os projetos de ascensão política do pai, ele aparece toda segunda-feira no escritório da campanha e deixa um pequeno envelope de papel-manteiga na mesa de cada redator, para que mantenham a mesma energia a semana inteira. O envelope contém 1 grama de cocaína pura e vem com a logomarca do candidato à Presidência, caprichosamente recortada e colada ali pelo próprio caçula. É uma família unida demais. Disciplinada. Gente de tradição na vida nacional, por isso está aí até hoje.

48. Nas mãos de Deus

É madrugada desse mesmo domingo, período de repouso para a maioria dos pecadores, de festa para alguns afortunados, mas também de penitências e trabalhos para aqueles mais devotos e profissionais. Na periferia desagradável, aonde só chegam as contas básicas e as rondas ostensivas da polícia, a noite é essa massa cinzenta de fuligem que adormece por cima das cabeças. Pesa por dentro e por fora. Entreva o corpo. Debaixo deste céu inesquecível, no templo ainda descoberto e vazio, na edícula escura e fedida de cimento e de suor, lá está o pastor em sua obra. Ele ora de joelhos, muito contrito, pedindo proteção contra o destino insondável, os maus desígnios que houver, e auxílio para comprar dois milheiros de tijolos, ou uma dúzia de ripas de cinco para o telhado, por exemplo.

A mulher rezaria junto com ele se estivesse em casa, mas foi ganhar o pão do dia de amanhã de ambos do outro lado da cidade. É longe, sem condução regular. Ele agradece a

Deus o esforço dela, mas está contrariado. Ela já deveria ter voltado para o ninho a esta altura. Ele conhece a esposa que tem e sabe que ela também não prestou num momento do passado, sabe que já passou, mas vivem os dois com este medo de voltar para o inferno da vida na rua, nas penitenciárias, reincidir em crimes e misérias...

Glória, Senhor! — então o homem ora mais e mais contritamente, para espantar esses maus pensamentos, se é que pensa. Como um Cristo pregando no deserto, ele santifica ali sozinho este final de semana, mas fantasia o dia sagrado em que repousará das suas penas num púlpito de acrílico, pregando com um bom aparelho de som, a igreja pronta e entregue para o deleite dele e dos fiéis: eu darei graças!

Acontece que nesse momento, depois do fragor de motores cansados, de pneus esfregados com gosto no asfalto, um par de olhos demoníacos aportam na entrada do terreno.

É um cercado de arame farpado preso a mourões podres...

São dois faróis acesos que projetam as sombras do pobre homem, em fantasmagorias que circulam pelas paredes inacabadas. Cego da luz direta, ele ouve passos nas pedras e no lixo. Muitos deles. E se avizinham. Palavrões conhecidos. Vozes de comando. E silhuetas com armas de fogo apontadas na sua direção. Ele ergue os braços por instinto, ainda em oração, balbuciando as palavras que o Senhor lhe ensinou, mas antes que os recém-chegados identifiquem o sermão, se é de paz ou de guerra, ele leva um chute no baço. Ele se dobra, mas não escapa. Um soco bem dado do lado da sua cabeça cria um zumbido novo no ouvido.

São quatro os policiais brancos, jovens e fortes os que foram enviados nessa missão de captura. Eles têm a recomendação de usar a força necessária, toda a força se for preciso, para levar aquele homem à justiça possível dessa noite. Todos eles têm carteira assinada pelo Estado, autoridade delegada, armas de fogo de baixo calibre e benefícios como assistência médica e aposentadoria especial, mas ganham mal, as armas, os médicos e os hospitais são ruins e os agentes morrem antes de envelhecer, via de regra. Além disso, os homens da lei são religiosos e muitos deles não gostam de trabalhar no final de semana. — Venha, seu merda! — o pastor é algemado e arrastado pelo chão de terra como se fosse um animal contaminado. Rala nas pedras até ser jogado de bruços nos fundos da viatura. Ele vai em silêncio, resignado, para viver as suas agruras (nem sabe quais são, mas vai com fé), e como é conhecido por seu azar, na hora mesmo em que se revira para tentar se acomodar melhor no lugar incômodo, lugar que cheira a sangue seco e morte anunciada, um dos policiais nota-lhe às costas as tatuagens de Nossa Senhora Aparecida: — Caralho, é matador de polícia, este filho da puta!

Agora nem adianta o pastor se arrepender do que fez no passado, dos crimes burros e ousados que cometeu, não adianta renegar as velhas crenças romanas que ele tinha. Para os seus algozes, os crimes hediondos acabaram de acontecer, não é possível suportar, e merecem a punição exemplar de sua parte. Parece justo até para o pastor, que aceita esta sina de apanhar e apanhar até o fim. Ele se oferece, a bem dizer. E os quatro policiais tornam a puxá-lo do chiqueirinho, a jogá-lo no chão. Usam as pontas dos coturnos, com fortes impulsos, para se vingar, punir, fazer justiça, batendo sem dó. E ele aguentando em silêncio... Até que desmaia.

Então o mais experiente deles, um subtenente de 32 anos, com curso de primeiros socorros, ele lembra à sua equipe: — Vamos com calma, minha gente, nós temos que levar o bicho vivo!

49. Passa o filme da sua vida

Com o sangue que lhe sobe na boca, vem também esse gosto meio doce e meio azedo que ele conhece. É um gosto de mim mesmo, pensa, se é que pensa, porque logo vêm à lembrança tantas outras coisas em atropelo que atordoam o próprio pensamento dentro da cabeça: um perfume de coentro, de leite de rosas, de velas acesas, de pipoca queimada, bala de limão, bola de futebol, bolo de fubá, os corrimentos da pessoa amada, a mãe que ele não teve, Deus que o abandonou, pólvora, um tiro de raspão no braço, o calor de um abraço estranho, um córrego para nadar, um vidro que se quebra, pastel de feira, café com leite, uma facada para se libertar de um problema, crucifixos pregados nas paredes, nas curvas das estradas, aveia com banana, adrenalina, cirurgia de emergência, fuga em disparada, maconha e cocaína, um copo gelado de cachaça com limão e bastante açúcar e gelo, o arrepio da montanha-russa e mais do que isso ele lembraria... Mas é um rapaz franzino, pouco mais do que um menino, se vê, está quase nu e desacordado, e parece satisfeito neste instante: quem está por perto identificaria o esboço de um sorriso naquele rosto. É muito rápido e só se prestarem atenção, mas reina o caos dos elementos, palavrões e vozes de comando, passos que se avizinham, que lhe pisam a carne crua, uma porta enorme que se fecha e apaga tudo. Pronto.

Chega. Ele morre.

50. Nas mãos de Deus II

Quase ao mesmo tempo. Noutro canto da cidade conflagrada. No apartamento comprado pela mãe em programa social do governo, após quinze anos de fila (e com ajuda do patrão influente). O rapaz, pouco mais do que um menino, ele está dormindo na cama dela: primeiro porque é de casal e há mais espaço, depois porque sente falta da mãinha e porque na sala as paredes de concreto foram mal niveladas entre elas e têm um vão de três para quatro centímetros, por onde passa o bafo quente e engordurado do bairro dormitório e lhe tira o sono desde criancinha.

Na cadeia, era ainda pior. Ele não tem saudade dos catres estreitos e das latrinas fedorentas, dos buracos no chão e nas paredes, das vísceras e da pele da prisão. Também não tem saudade de apanhar, mas ainda vai levar muita pancada, com esses 20 e poucos anos e um prontuário de gente grande no comércio de entorpecentes. Está em contato com a Justiça, a quem alega, para todos os efeitos, ser usuário, que trabalhou no pequeno comércio de cocaína do seu bairro apenas para o próprio sustento...

— Eu juro! — Podia ser verdade, mas o fato é que as penas com agravantes que ele ganhou do juiz, injustas ou não, foram as de um traficante consumado. Pagou advogados, policiais e agentes de cartórios para ter benefícios. Conseguiu o regime aberto, apesar de tudo o que foi dito contra ele. Está procurando um emprego formal. O agente da condicional sugeriu um registro em carteira e ele sabe o quanto isso vale entre eles. As aparências. Os carimbos nos documentos. O rapaz mesmo ainda não sabe se quer se regenerar ou arranjar o tal registro para escapar dos achaques dos agentes da lei, mais previsíveis e próximos do que imagina.

Ele volta a vender maconha e cocaína, em pequenas quantidades e só para gente de bem: negócio tranquilo...

Tem rezado para isso, por sua tranquilidade, prosperidade, dele e do país, ainda que Deus insista em lhe negar qualquer graça, e aos seus conterrâneos também, parece.

Agora o menino traficante está dormindo. Ferrado no sono. Sonhando, quem sabe, quando deste lado da realidade uma garra de cinco dedos se fecha poderosa em seu ombro...

Num instante ele está voando.

No outro caiu no chão, de cara, de nariz.

Ainda não despertou direito, mas já está sangrando a ponto de fechar os olhos, engasgado, o pobre coitado. Os coturnos do serviço público tratam de mantê-lo acordado e sofrendo.

— Levanta, seu merda! — E o rapaz até que se esforça para se erguer, mas é difícil em meio a tanto espancamento. Acaba pondo-se de pé com a ajuda de safanões de dois homens brancos e dois pardos, os quatro devidamente fardados.

— Boa noite! — Daqui a pouco já é dia e esta é outra equipe da polícia, designada para este endereço, recomendada no uso extremo da força — autorizada, desde que "não letal", pelo momento...

É o que eles estão fazendo muito bem, cumprindo a prática judiciária entre eles, de espicaçar o preso antes de levá-lo para interrogatório.

— Senta a bota! — Agora nem adianta o rapaz se arrepender do que fez no passado, não adianta renegar as velhas práticas criminosas que ele tinha, dizer que nunca mais vai importunar ninguém, civil ou militar...

— Eu juro, eu juro! — Os quatro policiais militares negros, brancos e pardos tornam a arrastá-lo pelo chão do quarto, apartamento afora e escada abaixo (são três andares), batendo-lhe com a bunda e a cara nos degraus de cimento. Eles têm pressa. Usam de fortes impulsos para ajudá-lo a descer o mais rápido possível aos infernos, para a viatura escancarada na escuridão do térreo (abutre luminoso de asas abertas), batendo sem dó à voz de comando do líder deles, um tenente pardo de 52 anos, cansado de guerras inúteis, à beira da aposentadoria.

— Vai: senta a bota que amolece...

51. Legítima defesa

O que acontece naquela sala neste momento só poderá ser devidamente esclarecido pelo trabalho exaustivo dos peritos do Estado, de carteira assinada e inscritos na Secretaria da Segurança, em reconstituições repetitivas, caras e demoradas.

— É o preço que se paga por justiça! — dizem. E que são muitos os detalhes relevantes e simultâneos. Vão se comparar digitais. A posição dos presentes. Medir a trajetória dos projéteis, seu calibre, comparar os orifícios de entrada e de saída, se houver, bem como ferimentos de outra origem, nos criminosos e nas vítimas.

Para o relatório final que integrará os autos, vão receber o resultado de autópsia, além dos depoimentos do inquérito com a descrição de todos os eventos que colaboraram para o conflito.

Alguns desses eventos, no entanto, por demais constrangedores para os envolvidos, eles correrão em segredo de justiça e só serão comentados à boca pequena pelos funcionários do Judiciário, sob pena de perderem o processo e os empregos: é gente muito importante!

Ninguém quer falar disso, mas todos desejam saber o que se passou de fato, e o fato é que a chegada e o chamado aflito da filha do proprietário (branca, estudante de Veterinária, 19 anos de idade, expressão de horror, parada à porta de vidro Blindex ao lado do namorado, estudante de Direito, 21 anos, branco), isso distrai a todos, bandidos, proprietários, convidados e funcionários, fazendo com que se voltem para o casal.

É um segundo de desatenção generalizada que, somada aos pequenos erros cometidos pelos criminosos na contenção das vítimas, provocará a sua desgraça, porque, se aproveitando deste contexto improvável, a empregada mais velha, a cozinheira da moqueca encantada, mais fiel aos princípios da casa-grande, ela, desamarrada, por respeito, desde o início da invasão, pega do tapete turco o troféu antes usado para quebrar a parede e desfere com ele um belo golpe na nuca do assaltante líder, que ficou de frente para os recém-chegados.

O objeto é pesado, se sabe. Rombudo, mas machuca. E, no desespero, a velha senhora ainda ganha a força quando bate de cima para baixo. Mármore e ferro contra a carne e os ossos.

O criminoso atingido desaba desacordado sobre os próprios joelhos, nas tábuas certificadas do assoalho.

— O que foi que eu fiz, o que foi que eu fiz?! — A arma que o bandido porta, portava, a pistola brasileira, ela lhe cai das mãos e só por milagre não dispara em alguém quando bate no chão. O comum é que a arma falhe, mas para o azar de uns e outros, em especial do rapaz estuprador, a tal pistola escorrega no piso de tábuas encerado e vai parar próximo da convidada, da antropóloga comprometida com causas sociais, católica também, e pacifista que soubesse, mas nervosa nessa hora como nunca, e sem o menor treinamento com armas de fogo...

Isso não será necessário! — ela pensa (vingativa!), se é que pensa, quando se estica e apanha a pistola brasileira: num erro crasso, talvez por educação, por respeito, por submissão a ideias gentis que não são deles, os criminosos amarraram as mulheres brancas com as mãos para a frente e sem apertar muito, de forma que agora não é difícil para a convidada trabalhar com a arma no meio das duas mãos, erguê-la e disparar.

Uma, duas, três vezes.

52. Virada

São tiros de precisão olímpica. Os três disparos resultariam, cada um deles, em três ferimentos fatais. Dois no peito, um de cada lado, ambos transfixantes, atingindo coração e pulmões. O terceiro projétil se aloja no osso hioide da vítima, isto é, do estuprador, chumbo quente na garganta que rompe, de passagem, a carótida. A vida está se esvaindo dele muito rápido, à razão de seus últimos batimentos esganados. Ele cai de barriga sobre as costas do dono da casa, ainda dentro dele, mas o proprietário subjugado se aproveita do seu estado, ganha força e asco com a situação e o empurra para longe. O tapete turco está perdido para sempre. O assoalho de tábuas certificadas será lixado e encerado muitas vezes para esconder a mácula. Em questão de segundos, o rapaz, o menino estuprador, estará acabado, mas teima em gorgolejar um barulho horroroso. É da flor murcha que se abre em seu pescoço esta fonte ruidosa. Ecoa na sala sem música. Demora uma eternidade. Então pronto.

Chega. Ele morre.

Graças a Deus! — os dois criminosos estão fora de combate. O mais velho deles, no entanto, o que foi atingido na cabeça pela empregada cozinheira, ele começa a se mexer, a procurar sua pistola 380 para se defender, talvez, tentar entender o que aconteceu. Está perdido, mas nem isso ele sabe, ou pode compreender no labirinto escuro e nebuloso de seu desmaio.

A antropóloga convidada larga a arma:

— O que foi que eu fiz, o que foi que eu fiz?!

A pistola cai no chão com estrondo, mas não dispara. Alheia aos problemas da arma brasileira, a filha dos proprietários avança a passos largos para dentro da sala, toma impulso enquanto caminha e desfere um violento pontapé no baço do assaltante mais velho, que se revira no chão da sala.

É um sapato envernizado, com bico de metal: — Você matou meu cachorro, seu desgraçado!

A jovem tinha grande ligação com o animal de guarda da casa, viveram a mesma infância, ela o considerava parte da família, ainda que, como sua mãe, não se responsabilizasse por sua saúde física, limpeza e manutenção geral. O criminoso, mesmo desacordado, sente o golpe. Mais um pisão bem dado com o salto de acrílico quebra-lhe um par de costelas. Ficam espetando o pulmão. É uma dor dentro da outra. O criminoso está acostumado.

— Você não tem coração, filho da puta! — grita com ele, indignada. A empregada mais velha, uma segunda mãe para ela, toma-a nos braços e tenta convencê-la a parar com aquilo, mas ela se debate e se larga, agora para chutar e pisar as costas e a cabeça do outro bandido, do rapaz mais novo, o menino nu, estuprador jogado no chão da sala...

— Calma, querida, este já está morto.

O namorado vai acudir o sogro, que se vira e se afasta dele, erguendo a calça e a roupa de baixo, recompondo-se envergonhado. Em seguida, o rapaz branco desamarra o convidado, o escritor, que ele já viu em algum lugar:

— Boa noite...

— Cale a boca! — diz a coproprietária da casa, a sogra, fora de si, enquanto se agarra à insegurança do marido ultrajado. Estão todos em estado de choque. A convidada se afasta, horrorizada, da arma que havia disparado, se aloja abraçada ao corpo do escritor, seu marido, para todos os efeitos, se esconde nele, que retribui o abraço:

— Está tudo bem agora, querida...

Tudo bem é o caralho! — ela pensa, se é que pensa, culpada de hoje para sempre, apesar de todas as justificativas técnicas e imunidades jurídicas que lhe darão.

— Você não vai fazer nada?! — se volta e reclama com o namorado da filha do proprietário, que ela mal conhece, apontando o assaltante vivo e se mexendo perto dele.

— Cuidado!

Desajeitado, mas forte, o rapaz o amarra com os mesmos guardanapos e toalhas que antes imobilizavam suas vítimas. O outro bandido, o rapaz de calça arriada, nu, morto e ensanguentado, por obsceno que pareça, ele é enrolado no tapete e levado para fora da sala.

Desaparece de vista.

53. Segurança pública

— Senhor secretário!
— Como vai, querido? O nosso candidato, como tem passado?
— O candidato vai bem, obrigado...
— Nós estamos em terceiro lugar na disputa, querido. Terceiro lugar não nos garante no segundo turno... É derrota.
— Sim, senhor secretário. Este é apenas um retrato do momento eleitoral em que vivemos. Há toda uma estratégia programada para o futuro, com diversas táticas de marketing político que instigam a cobertura da grande imprensa, o apoio dos sindicatos de patrões e empregados, das congregações religiosas e de associações de militares, bem como inúmeras ações de impacto nas mídias sociais... Vamos resolver isso. Haveremos de tirar essa diferença, eu garanto.
— Confiamos em você.

— Obrigado, senhor.

— Não tem de quê.

— Senhor secretário, eu tive, tivemos um problema aqui em casa...

— Que tipo de problema, querido?

— Nós fomos assaltados.

— Furto ou roubo? Tipifique...

— Roubo. À mão armada...

— Levaram muita coisa?

— Não, senhor secretário...

— Então, querido, basta lavrar um boletim de ocorrência digital na internet. É iniciativa da nossa administração. Prestigie. Vai lhe dar o direito ao seguro do mesmo jeito que o boletim presencial, eu garanto.

— Não é só isso. Aconteceu um problema... Dois.

— Como assim?

— Eram dois os invasores. Eu... Nós reagimos. Trocamos tiros. Um dos bandidos foi baleado... Morreu.

— Legítima defesa, por certo! Nem se preocupe.

— Sim, mas tem um comparsa dele aqui... Parece o chefe do morto... Eu... Nós o atingimos com um objeto na cabeça... Ele... Ele está lá apenas desacordado... Agora se mexendo, já... Na sala... Eu... Eu...

— Calma, querido, me escute: alguém corre risco iminente?

— Não, senhor secretário, nós conseguimos reverter a situação por completo, mas... Mas... Eu não tenho a menor ideia do que fazer...

— Amarrem-no!

— Já está.

— Muito bem, façam isso muito bem. Essa gente é forte, e astuciosa, nunca se sabe por onde vão se esgueirar, nos atingir... Como estão a senhora sua esposa e a menina, a moça, sua filha, a...?

— Todas bem, graças a Deus. Eu tinha convidados!

— Bem no final da semana... Esses vagabundos não respeitam a confraternização e o descanso de quem trabalha.

— Envenenaram o nosso cachorro, senhor secretário...

— Desumanidade agravante! Eu lamento. Vai constar do inquérito. Você, querido, como está?

— Estou bem, obrigado.

— Essa gente é violenta, degenerada! Tivemos casos em qu...

— Eu tive sorte. Não aconteceu nada demais.

— Entendi. Fazemos o seguinte: porque hoje é sábado, eu vou acionar alguém da minha mais estrita confiança, mandar uma viatura até a sua casa, de maneira discreta, a equipe vai recolher o meliante vivo, o cadáver do outro e cuidar de toda a papelada do caso. Uma burocracia ou outra vocês vão ter que atender, já que envolve óbito, mas tudo vai poder ser feito de casa, segunda, terça-feira.

— Eu agradeço a sua atenção, senhor secretário...

— Antes que esse desgraçado acorde, estará preso em flagrante por assalto qualificado, invasão de domicílio, dano ao patrimônio, tentativa de homicídio, crueldade contra animais...

— Obrigado, senhor secretário.

— Não precisa me chamar de senhor secretário, basta secretário... O cargo público é mais importante do que a pessoa, sempre!

— Sim, s... secretário.
— Amigo é para essas coisas.
— Verdade...
— Não aconteceu nada com você mesmo, querido? Nenhum arranhão?
— Não, secretário. Estamos todos assustados, mas bem, obrigado.
— Entendi. Folgo em sabê-lo. Vamos resolver isso. É questão de minutos...

Fim da ligação.

54. Hierarquia

O senhor secretário de Segurança Pública liga para o comandante-geral da Polícia, um coronel amigo do governador, mais que do referido secretário, seu superior imediato. Pede providências. Este coronel, mais um oficial de ligação com a cúpula civil do que membro ativo na cadeia de comando, ele se reporta a um outro coronel, este sim ligado ao policiamento geral do estado, gente da rua. Pede providências. Porque hoje é madrugada de domingo, o coronel do policiamento geral do estado liga para o major responsável pelo subcomando da capital. Pede providências. O major está no litoral este fim de semana, mas convoca o capitão que comanda um batalhão em área próxima da ocorrência. Pede providências. O capitão em questão não tem condições financeiras de morar no local dos acontecimentos, aliás mora longe dali, por isso é que ele chama o primeiro-tenente que encontra, seu colega de batalhão. Pede providências. O primeiro-tenente que recebe a ordem se comunica com o seu parceiro de futebol de salão, segundo-tenente, que vai jogar com ele ao amanhecer, numa quadra na periferia. Estão ambos do outro lado da cidade, da casa-grande, mas pede-lhe providências. Por causa deste bendito jogo, o segundo-tenente liga ainda de noite para o aspirante a oficial, diz que já está com o domingo ocupado e pede providências. O aspirante quer muito e rápido ser oficial, então liga logo para o subtenente e, enérgico, pede providências urgentes. Porque agora é madrugada e o aspirante tem um filho pequeno em casa, as providências a serem tomadas acabam no colo do primeiro-sargento, para quem o subtenente liga, encarecidamente, pedindo as tais providências que lhe vieram do aspirante. O primeiro-sargento está fazendo bico na porta de uma boate do Centro, neste momento, de maneira que liga para um segundo-sargento, que, segundo a escala, ouviu falar, está na região. Pede providências. O segundo-sargento não está na região, está no apartamento da namorada entesada no meio de uma trepada e liga ofegante para pedir as providências expressas a um terceiro-sargento. O terceiro-sargento até que está na escala, trabalhando no plantão, mas, de luto com a morte de um parente distante, e sabedor da presença no batalhão de um aluno da Escola de Sargentos, ele liga para a sala dele e pede as devidas providências que lhe solicitaram há pouco. Como aluno novo da Escola de Sargentos, ele ainda se sente imaturo para atender e comandar este nível de diligência, envolvendo gente importante, e passa um rádio para o cabo de 55 anos, negro, que se encontra, em tese, em patrulha pelas ruas do tal bairro elegante. Pede providências...

O cabo em questão não está em patrulha naquele bairro, mas na viatura 3240, estacionada à porta de uma padaria 24 horas onde ele e o colega soldado lancham de graça, na zona leste profunda, a cerca de 25 quilômetros de distância.

Não tem a quem apelar.

Desliga o rádio e volta para dentro da padaria. Desconfiado, ele encara em silêncio seu parceiro de ronda, o soldado branco que engole rápido um sanduíche de presunto com queijo no balcão. Ele ainda é jovem, acredita em promoções que virão e está interessado nos fatos (adrenalina):

— Aí? Vamos?

O mais velho sente um arrepio na nuca, concorda e, com a sua experiência, sentencia:

— Esse tipo de coisa nunca acaba bem pro nosso lado, escuta o que eu estou falando.

55. Discurso do Estado de Direitos (trecho)

O direito de passar por cima, o de ficar na frente e o de sair depressa. O direito assegurado de se manter calado para sempre e o de ser tratado com o maior respeito entre os seus pares. O direito de cada lado contar a sua verdadeira versão da história. O direito de se atingir o pior resultado possível. O direito irresistível e irreconciliável de se ocupar um só lugar no espaço ao mesmo tempo: o primeiro. O direito que não se dá por vencido diante dos fatos. O direito divino, a capitania hereditária, o usucapião, a invasão, a herança, o compadrio e o direito adquirido por contrato no mercado público do direito privado. O direito democrático de se tornar mesquinho pelo exercício pleno do direito. O direito à abstinência diante de todas as circunstâncias que exigem ação direta. O direito à derrisão, à exclusão, ao cancelamento e à limitação. O direito à destruição, à degeneração, ao despeito. O direito à ironia do Direito nos cursos de pós-graduação. O direito de escolher o que é errado, cruel e irresponsável. O direito ao que é certo pelas linhas tortas. O direito a férias remuneradas do direito, por que não, senhoras e senhores? E o direito de violar o direito, acima de tudo. Nós não somos iguais perante a lei! Aquilo tudo que está escrito nos livros de Direito... A tolerância criminosa do direito, enfim! E, por fim, o fim de todos os direitos. Conto com seu voto. Obrigado. Aplausos.

56. Aftermath

Nem foi preciso pedir, só os olhares, e a empregada vai à cozinha fazer café. É uma máquina de café italiana, comprada sem nota fiscal, numa viagem à Argentina. O pó é colombiano, trazido de Portugal. Licores de várias procedências são juntados. De longe, ela entrevê o corpo gordo do pit bull em meio aos arbustos. Pega um lençol limpo do varal, sai para o jardim e cobre o animal estirado em vômitos. Pede pela alma dele, sem saber ao certo se os animais realmente têm os mesmos direitos das almas humanas, em sua religião. Não conhece profundamente sua bíblia. Não tem tempo de ler. Mal sabe escrever. Aprendeu a copiar as necessidades dos outros em ordens/palavras decalcadas com papel de seda, que ela passa a outros funcionários mais instruídos no comércio local. A empregada antiga retorna para a cozinha pouco antes do chamado do apito da tal cafeteira importada. Prepara duas bandejas com as garrafas, bules fumegantes, xícaras de porcelana, docinhos sírios e adoçantes dietéticos franceses, para que esperem a chegada das autoridades. Na volta para a sala, equilibrando as bandejas a meia altura, ela flagra a diarista sentada no sofá, entre os proprietários e convidados da festa, como se fosse um deles. Não era. Nem ela é. Por isso gesticula nervosamente, convocando a outra para ajudá-la a servir. A diarista se ergue e vem muito a contragosto. Faz o serviço cheia de desânimo, curiosa pelo que está acontecendo, pelo que vai acontecer:

— Com açúcar para o senhor, doutor?

— Não, porra!

A anfitriã e sua convidada continuam abaladas no seu canto, por certo, à beira de um ataque de nervos: a anfitriã pelos prejuízos estéticos e materiais causados na decoração de sua casa, pelas sequelas psicológicas imprevisíveis em sua filha e no seu casamento após a sevícia desonrosa do pai e marido; a convidada porque ainda se sente culpada de assassinato, por pior que fosse a sua vítima e melhores as circunstâncias de sua intervenção.

O que foi que eu fiz? O que foi que eu fiz? — ela se pergunta, com a imagem do estuprador ofegante e agonizante em sua mente. Ela também acha que isso tudo vai aproximar o seu pobre marido (cujo talento promissor ela espera gerir) daquele mercenário fracassado e rico, seu anfitrião.

Tem ciúme, desgosto. Mas se cala.

Merda, o dinheiro...

O dono da casa trocou de roupa, enojado, e só não queimou as peças que usava em sua curra por insistência do escritor contemporâneo, futuro colega de trabalho, talvez, que assegurou serem partes importantes do inquérito policial, cruciais para a determinação dos fatos e responsabilização dos culpados.

O anfitrião também se cala. Ainda não se restabeleceu a ponto de saber o que dizer. Assim, neste momento, o silêncio do grupo de homens e mulheres brancos servidos de café, sentados no sofá da sala, é total. No chão, manietado, o bandido mais velho daria um braço por uma boa dose daquele café importado, cujo perfume de acento colombiano, almiscarado, invade o ambiente. Seria melhor para acordar neste pesadelo, tentar se salvar de qualquer maneira da sua nova realidade...

Houve uma virada. A sua situação, ele sabe, não é boa.

Pela diarista, tudo bem, mas a empregada mais velha se recusa a servir o bandido que quase matou de pancada: esse não.

Dito isso, as duas empregadas negras se afastam dos patrões e convidados brancos, levando as bandejas usadas até a mesa do jantar, bagunçada pela conflagração, com louças quebradas, comida jogada, respingos de sangue e pedaços de reboco que voaram das paredes. Elas se mantêm alertas para qualquer solicitação, coladas à entrada da cozinha e da área de serviços: esse é o nosso lugar.

A cozinheira pensa, mas não fala. E se incomoda com a desarrumação generalizada. Quando faz menção de reunir a louça suja, no entanto, a patroa alterada a interrompe:

— Agora não é hora, velha do caralho!

57. Cena dramática

Fosse filme de cinema, a câmera deslizaria em cima de um carrinho de metal pelo chão da sala, rodas de borracha para proteger o assoalho certificado, se aproximando do bandido mais velho manietado e deitado, que olha diretamente para a objetiva.

Senhoras... — uma expressão tensa, ele externaria, para dizer o mínimo.

Senhores... — haveria um tempo dramático no percurso da tomada.

Talvez flashes das vítimas possam ser inseridos na edição final, para lhe aumentar o receio.

Ele tem os cachos dos cabelos engomados do sangue que lhe escorreu da ferida na nuca. Escorreu e se alastrou pelo pescoço, pelo peito e numa mancha nas costas da camisa, mas o seu rosto está ileso. E consternado com o novo fracasso. Ele fala em sua defesa. Agora deixa toda agressividade de lado. Começa se justificando pelo mal que fez. Eles, as suas vítimas, que são gente de bens, não podem entender a sua situação, mas a vida que lhe coube, por acaso, nem era vida, a bem dizer. Órfão, ele narra um calvário de humilhações desde criancinha. Internado em instituições, estudou e se formou no lado obscuro das coisas e das pessoas. Narra alguns dos seus crimes para ilustrar as necessidades, que são muitas, a maioria furtos e pequenos assaltos à mão armada, frequentemente com o uso de armas de brinquedo, inofensivas, meu Deus! Apenas trabalhava por sua sobrevivência nesta selva que esmaga a todos, uns ainda mais do que os outros!

Foi criado errado, sim; se perdeu do bom caminho, é claro, mas tinha, como qualquer ser humano, o direito de ser perdoado por esse defeito, ou azar de origem, não tinha?

Quem não tem? — a empregada mais velha e a diarista ficam do lado dele, neste instante. Elas se reconhecem perfeitamente no estado de miséria e de abandono que ele descreve. A desgraça natural de todos eles. Ambas foram abandonadas e abandonaram também, conhecendo o assunto em profundidade. Os três são negros ou pardos, conforme suas próprias declarações em documentos. Enquanto isso, os demais presentes vivos observam o bandido com expressões vazias. O diretor do filme instruiria os seus atores a olhar para o personagem criminoso no meio da sala "feito observassem um objeto". Onde está o outro, o meu parceiro? — o mais velho deles pensa, se é que pensa, enquanto vareja a sala em busca do companheiro estuprador, do rapaz, e, de relance, numa breve alteração de horror em sua expressão, ele entrevê as solas do tênis do menino, do colega criminoso, emergindo de um rolo de tapete, próximo da piscina.

Ele tenta pensar de verdade, agora, raciocinar, dentro do impossível, sobre o que fazer: se intercede e protesta pelo amigo morto, inculpando a todos pelo assassinato, ameaçando-os com as suas próprias leis de brancos, ou se usa de outro subterfúgio para se defender, tentar se safar daquela situação... Por fim, usando a língua, ele consegue empurrar a mordaça da boca: — Vejam bem... — decide inculpar o outro, o rapaz, pela iniciativa daquilo.

É uma estratégia. Diz que a informação sobre o dinheiro e a ideia da invasão haviam sido dele, do estuprador, e que ele não tinha nada a ver com as proporções que tomou aquilo. Insiste no prontuário desabonador do amigo: não tinham combinado o horror das sevícias, que as suas reações eram imprevisíveis, seus acessos de insanidade sexual tinham se tornado incontroláveis e claro que ele não podia ser responsabilizado pelos atos imorais de um parceiro degenerado...

— Por favor! — ele implora que pelo amor do Senhor Jesus Cristo tivessem piedade dele, da sua orfandade, da sua história, das suas feridas, dos seus amigos.

Pede que o deixem partir, ir embora de vez, como queriam os donos da casa e os convidados, antes das sevícias. Que agora ele partiria com o segredo daquela história e apenas com as roupas ensanguentadas do próprio corpo, que nem aceitaria as ofertas de dinheiro que haviam sido feitas, que sumiria do bairro, do mapa, para nunca mais perturbá-los!

— Eu juro! — ele só não pode mais voltar para a prisão, confessa em desespero, que não aguentaria os castigos renovados e a pressão de estar sozinho com ele mesmo numa solitária, à noite...

— Era o inferno! — ele se aproveita de dizer essas coisas dramáticas mantendo os olhos postos na menina, na herdeira, a filha do proprietário. Vê no rosto dela, contrariado, por certo, mas cheio de juventude, meiguice, quem sabe, um alento de esperança. De perdão. E choraminga: as senhoras e os senhores não têm a menor ideia do que é aquele lugar...

A percepção do criminoso é incorreta. A esperança, ou melhor, o desejo da jovem, da menina, por outro lado, é se vingar, não perdoar. Cansada do que considera um sermão sociológico, ela se ergue em cima dos sapatos de salto de acrílico (a câmera vai com ela). De passagem pela mesa xinguana, ela pega uma faca de serra alemã da cesta de pães orgânicos (plano detalhe) e se volta para o criminoso (câmera abre): — Foda-se! Malandro vai pagar pelo que fez.

58. Cavalaria

A velocidade empreendida pelo soldado motorista desde a padaria na zona leste excedia todos os limites permitidos pelas normas de trânsito. O carro de polícia tem certos direitos entre eles, é sabido, mas a ousadia temerária daquilo infringia as próprias poucas regras de sua incivilização! À juventude e ao destemor irresponsáveis do piloto, se somavam os cursos I e II (especializados em pilotagem agressiva), que fizera com gosto na academia. Fizera-os, a bem dizer, com excitação (10 com louvor, nas duas vezes), a mesma que empregava agora ao esfregar o pé no acelerador da viatura, "dirigindo", se é que se pode usar esta palavra, de maneira assassina, vertiginosa, estonteante, avançando para cima de cruzamentos, sinais vermelhos e faixas de pedestres feito fizesse roleta-russa.

— Ligue a sirene, pelo menos, rapaz — alerta o cabo de ocorrências memoráveis, mais experiente e acidentado na carreira do que o outro. A sorte da população miserável é que a esta altura da madrugada o jogo de gato e rato ficava mais restrito à polícia e ladrões nas proximidades dos bairros ricos, e até que bem poucos cidadãos eram atropelados ou alvejados por balas perdidas, considerando o armamento em circulação.

Para os homens da lei, no entanto, tudo isso dava muito trabalho... Estavam contratados os dois, o cabo e o soldado motorista. Ambos tinham carteira assinada e benefícios cada vez maiores com o avanço da religião e dos militares na administração. No interior da cabine, o rádio aberto transmitia sem vergonha os desdobramentos de fatos tristes, grotescos e imorais, entre chiados de estática e códigos secretos (QAP; QRA; QSL; PQP) — segredos de polichinelo entre militares de caserna.

Os acontecimentos desagradáveis que se sucediam em novidades a cada segundo e as missões em curso para desbaratá-los eram informados por região, já que eram tantas as tragédias e desenganos atendidos pelos órgãos policiais, que era impossível mencioná-los todos numa mesma transmissão, num único boletim.

— Boletim 122, QRS? — a esta altura da madrugada os seus índices de mortalidade os colocavam entre os países em que mais se mata, por dinheiro, por desamor ou sem qualquer motivo conhecido... Nem as guerras em curso nos extremos do planeta mutilam, enlouquecem ou dizimam tanta gente quanto seu modo de vida!

— Parece que têm tesão na violência! — afirma do nada o cabo com sua extensa sabedoria não reconhecida.

O soldado motorista concorda sem tirar o pé do fundo do acelerador. Eles são negros, o mais jovem talvez consignado como "pardo", ambos em serviço em pleno sábado, domingo... Os 25 quilômetros de distância da zona leste empobrecida e empoeirada até o bairro de alto padrão, de casas grandes e elegantes, eles transcorreram em poucos minutos:

— Calma, rapaz, estamos chegando...

EM TEMPO: no centro do cruzamento deste bairro elegante onde os quatro vigias pretos e pardos dormitavam nas poltronas e cadeiras quebradas fornecidas pela vizinhança, ao ouvirem a sirene aberta do carro de polícia, eles, que dividiam conhaque ruim e o calor de uma fogueira acesa num tambor, eles correm como baratas treinadas em direções opostas, cada um para o seu lado com suas armas frias e seus próprios problemas com a justiça dos brancos, e desaparecem quando a viatura 3240 voa pelo cruzamento. O soldado mesmo só vai pensar em parar, se é que pensa, a centímetros de atropelar o portão da casa-grande, e assim mesmo só depois do grito de aviso, ou da ordem assustada do cabo, seu superior imediato:

— É aqui, caralho!

Ele desce e aperta a campainha.

59. Ataque frustrado

A herdeira já está retesando o seu corpo jovem num arco, pronta para tomar o maior impulso. Pensa, se é que pensa, em espetar a faca de pão (longa, serrilhada) de cima para baixo na parte mole do pescoço do criminoso, descê-la pelos músculos da região pré-vertebral até o pulmão, atravessando a carótida, o coração se for possível... Quando a mãe a detém com um aviso que ela, a jovem estudante de Veterinária, considera sábio para o momento:

— Não se complique com esta merda!

A dona da casa lança um olhar cheio de significados para a convidada, ela que se remói em culpas, medos e ressentimentos, sentada no sofá ao seu lado, como a ensinar a filha: olha como essa ficou!

O namorado atencioso, estudante de Direito, ele mesmo atento a todas as consequências previsíveis desses atos, mesmo que impensados, conhecedor das dores de cabeça que o envolvimento direto numa ocorrência como aquela representa para gente daquele tipo, os depoimentos repetidos, reconhecimentos em delegacias de subúrbio, constrangimentos indecorosos, as assinaturas em muitas vias, os selos e os carimbos dos burocratas da Justiça, o fato de terem suas biografias ligadas à história de ladrões, estupradores, assassinos, enfim: quando o rapaz toma a arma branca da mão da jovem companheira, ela não oferece resistência. É o namorado quem está tenso ao ponto de deixar cair a faca, de bico, no assoalho. Fica espetada na madeira certificada.

Dói na sogra, de novo, como se a facada fosse nela.

A mulher fulmina o genro atrapalhado, mas tão rico quanto (ou até mais do que) ela e o marido, então se cala. O rapaz puxa a faca do chão com brutalidade, aumentando o estrago já feito no piso. Ele a deposita na cesta de palha indiana, junto da pistola brasileira ali abandonada. Em seguida, ao se voltar para os presentes (o assaltante manietado entre eles), de maneira inoportuna, ele comenta a sorte que tiveram todos pelo fato de a estrada estar lotada de brasileiros descendo em manadas para a praia neste final de semana, um tráfego de gente insuportável para ele e para a namorada que desejavam apenas um feriado exclusivo, o que os fez desistir da viagem...

— Pudemos evitar um mal maior!

Ninguém lhe dá a mínima atenção, nem tem o que lhe agradecer, pensariam, se pensassem. Continuam, por certo, traumatizados, humilhados e ofendidos, como personagens de um livro de terror, em silêncio sepulcral (em particular o dono da propriedade), mas sempre atentos ao bandido mais velho, aos seus movimentos.

— Senhoras, senhores... — o criminoso, o invasor, ele ainda se esforça, choraminga um tanto, buscando negociar uma saída: reafirma, em lágrimas, que viraria as costas para aquilo que tinha feito e que nunca mais o veriam neste bairro, neste estado. Era suficiente que o soltassem, que abrissem o portão da muralha, que o deixassem partir...

— Cala a boca, infeliz! — é o escritor contemporâneo quem sai em defesa de todos aqueles recém-oprimidos na casa-grande. Faz um discurso memorável sobre a moral e a preguiça mental dos brasileiros, sobre a falta de iniciativa de "parasitas" daquele tipo em nosso país, que a origem humilde de nossa população não justificava uma opção natural pelo crime, muito pelo contrário, que a maioria esmagadora era trabalhadora, religiosa, honesta e que ele merecia uma pena bem longa e agoniada na masmorra medieval que o esperava no fim do processo, que era certo, e questão de tempo para se verem livres dele, e ele preso para sempre: — O meganha está chegando, preto dos infernos!

Teatral, o jovem escritor assessor encerra a sua apresentação com um brinde e um convite para a plateia:

— Vamos beber a isso, porra!

— Bem feito — retribuem os outros brancos, aprovando a cena indignada do dramaturgo promissor. Ele ainda é bom nesses efeitos cênicos. Por isso vai ser contratado como mais um assessor para a equipe do candidato à Presidência da República, provavelmente, logo depois.

Estão todos empregados, com ótimas propostas de trabalho remunerado, mesmo que sem carteira assinada (entre eles, é mais vantajoso ser pessoa jurídica).

— Ah, é! — pressionado pela chegada próxima da polícia, o bandido líder do assalto, experiente e escaldado nos conflitos e encontros torturados com os homens da lei, ele aumenta sua aposta num conflito aberto com as vítimas, insiste cada vez mais urgente e desesperado que também tem os seus direitos. Ameaça denunciar os filhos da puta daquela casa-grande, os carrascos proprietários e seus convidados, todos os brancos do caralho, ao Ministério Público, dizer "tudo o que sabe", que sabe que, apesar da pose que mantêm nas revistas de cultura, dos discursos socialistas que escrevem e decoram e de todo seu verniz sociológico, não passam de criminosos contumazes, além de assassinos (lança um olhar doloso para a convidada, autora dos disparos), são também mercadores mesquinhos e gananciosos, filisteus piores do que ele próprio, já que estão roubando de um povo miserável, trabalhador, honesto, indefeso, enquanto ele, como uma espécie de Lampião, de Robin Hood, ele só pega de quem tem de sobra: entenderam?

— E então? — ele insiste em perguntas...

A resposta, que não vem de imediato, é uma explosão de gargalhadas escarnecedoras que contagiam a todos, até mesmo as empregadas, e só param quando toca a campainha.

60. Apuração

É nos fundos da casa-grande. No puxadinho ilegal da lavanderia. A edícula escura e úmida de cimento e de suor, onde dorme a velha empregada quando pernoita no serviço, sem horas extras. O cabo abre a porta e dá passagem para a diarista. Não é bem uma gentileza. Ele quer deixar claro quem está no comando, mas a mulher ainda não percebeu do que se trata. Foram muitas as horas recentes de tensão e, cansada (um cansaço que não é daquele dia, nem daquele ano), ela se senta na beirada da cama. Bufa.

— Eu falei pra sentar?

A diarista se levanta, assustada, obediente.

— Pode sentar... — o cabo insiste em se mostrar por cima e a mulher agora entende que está por baixo. Tem a sua experiência nessa posição, coitada. Ela obedece outra vez. Em seguida, ele tira um papel do bolso da farda. Desdobra e o estende para ela.

— O que é isso?

— Vai dizer que não sabe?
— É um desenho...
— É um desenho dessa casa. Uma planta. Tem tudo explicadinho, onde fica o quê, tá vendo?
— Por que você tá me mostrando isso?
— Não me chame de você, me chame de senhor.
— Sim senhor...
— O que quer dizer esse monte de "X" marcados nos cômodos?
— Eu não sei, não senhor.
— Como é que isso foi parar na calça do malandro lá fora, me explica?
— Não sei do que o senhor tá falando...
— Escuta bem: eu vou te dar uma chance de colaborar com as investigações. Sem esculacho. Vai, pode me dizer... — a diarista está passando rapidamente da condição de testemunha para a de suspeita, cúmplice, o que seja. Ela não entende das leis dos brancos, mas sabe muito bem o que está lhe acontecendo neste processo. Que não é bom para o seu lado.
— Eu não tenho nada a ver com isso... Nem vem!
— Deixa de conversa. A gente já sabe que foi você quem deu a informação pra eles...
— Nunca!
— O cabo estende um papel e uma caneta para a diarista: então escreve, desenha alguma coisa aí...
— Por quê?
— Desenha, porra!
— Você não tem o direito de falar assim comigo... — a mulher choraminga, resmunga, mas pega o papel. Escreve o nome, função, data do nascimento... Faz um quadrado,

uma casinha com chaminé de onde sai fumaça. Uma casa pequena, no campo.

— Hum, até que é parecido...
— Não! A minha letra é ruim, é outra!
— Você pode ter feito a descrição pro vagabundo...
— Não conheço nenhum deles.
— O morto morava perto do seu bairro...
— Um monte de gente mora lá. Nem todos prestam.
— Por falar nisso: o seu prontuário?

A diarista sabe que é areia movediça: quanto mais falar, reclamar, reagir, se abrir, mais se mexer, mais ela se complica.

— Tem passagem?
— O que isso tem a ver?
— Tem tudo a ver. Pau que nasce torto... Tem passagem?
— Eu e os meus irmãos vivemos uma época na rua...
— Vagabunda...
— Nada disso. Mamãe tava internada. Foi artigo um cinco cinco; cinquenta e nove; doze... coisa pequena.
— Pilantra. Craqueira.
— Eu regenerei.
— Sei, que nem um fígado...

(...)

— Como é que esse malandro tem o desenho dessa casa? — A diarista dá de ombros e, ato contínuo, o cabo lhe dá um murro no rosto. Incha na hora. Ela cai da cama: — Você é boca dura, hem, mulher?

— O senhor não tem o dir...

O cabo torna a evidenciar que não é questão de direitos, neste momento, mas de quem está no comando: Certo?

Com a experiência de suas vidas passadas, ela entende tudo muito bem outra vez. E abaixa a cabeça, e se cala enquanto ele a levanta pelo cabelo até ela ficar sentada na cama de novo:

— Foi você que deu a dica pra ele... não foi?
— Não!
— Foi o escroto do seu amante?
— Eu tenho um marido.
— E puta de rua lá tem marido!
— Não fale as...
— Não é uma coincidência do caralho que isso tenha acontecido justamente no dia em que você veio?
(...)
— Você abriu o portão pra eles...
— Eu estava trabalhando na cozinha!
— E a outra empregada?
— O que é que tem?
— Ela disse que você é meio folgada.
— Velha filha da puta...
O cabo dá um tapa de mão espalmada na cara da diarista:
— Presta atenção: o teu macho, ele trabalha?
— Sim senhor.
— Qual é a profissão dele?
— Pastor.
— Você deve estar brincando comigo: isso lá é profissão?
— Ele tá construindo a própria igreja!
— Azar dele. Me dá o endereço.
— Por quê?!
— Eu faço as perguntas aqui.
— Ele também não tem nada a ver com isso.
— Isso é a gente que vai decidir...

61. Luta de classes

— Polícia! — de novo é a empregada mais velha quem, diante das circunstâncias e daquelas pessoas, sentia-se na obrigação funcional de descer para facultar a entrada dos homens da lei na propriedade, de transformar-se agora em porteira, para o que, em tese, não foi contratada. Por isso, e só para isso, lhe foi confiado o segredo da casa-grande, do portão do cofre, a bem dizer. Está velha e cansada, mas cumpre com a sua obrigação. Passa rente às paredes, mão sobre o rosto como um cabresto, evitando olhar os mortos do quintal. Desce claudicante o terreno em declive até a caixa de comando eletrônico do portão. Digita a senha decorada. O portão é de ferro e pesado e se abre com uma suavidade angustiante para ambos os lados. Os dois policiais dão dois passos e entram. Ficam parados, aguardando um comando. Deixam a viatura estacionada e trancada do lado de fora, falando sozinha, com receio, ambos, de avançar com o carro de polícia no jardim daquele palácio, derrubar algum vaso, matar uma planta exótica, carnívora: Deus me livre!

— Boa noite — é ele, o soldado mais jovem na hierarquia, quem diz. A velha empregada não responde. E concorda com ela o cabo, que já sabe que a noite foi, é e será terrível para todos os envolvidos na ocorrência, por mais inculpáveis que sejam os pobres funcionários, por mais que aquelas vítimas tenham amigos no Estado; por mais que eles estejam ali para "resolver de algum modo", conforme solicitado, "dar um jeitinho brasileiro" na situação... Dá licença...

A velha empregada, porteira, cozinheira que seja, ela digita a senha para fechar a entrada e se volta para indicar o caminho da sala da casa. Vai adiante dos fardados, subindo pela alameda do jardim. À luz do luar, o tal jardim se desdobra num paisagismo de vitrine, aquele mundo verde e encantado, a casa-grande armada como um fantasma sobre magérrimos pilotis de concreto, a vidraria espelhada, a piscina de borda infinita que, mesmo às escuras, lança reflexos mágicos nas muralhas do castelo...

O soldado, de casamento marcado, assim como outros fornecedores e empregados diaristas que aparecem na propriedade, ele mal pode esconder o deslumbramento com o local da ocorrência, com o poder e o dinheiro que ali se escondem. Ele e a mulher, auxiliar de enfermagem, estão lutando juntos contra bandidos e doenças para comprar os móveis de sua futura casa alugada, à prestação, sem saber onde enfiá-los ainda, já que o futuro é mais incerto para gente do seu tipo, cor e classe.

A festa de sábado acabou, é madrugada de domingo e as luzes da piscina foram apagadas, mas é possível ver, mais próximo da entrada, o corpo do cachorro coberto com lençol e, do outro lado, na beira da piscina, um tapete enrolado, do qual emerge um par de tênis importados (falsificados).

— Putas que lhes pariram! — Enquanto percorrem a alameda de entrada, evitando até mesmo pisar nas folhas caídas no cimento, tanto o cabo como o soldado, eles pensam, se é que ainda pensam nisso, que gente do seu tipo só pode estar numa mansão daquelas numa situação de risco como essa...

Ou como entraram os bandidos: à força.

Estão, aparentemente, em lados opostos, polícia e ladrões, mas nem tanto: frequentemente eles estudaram juntos nas mesmas escolas e moram perto uns dos outros, na mesma comunidade, e, se procuram se evitar no seu bairro de origem para não matarem os próprios filhos com balas perdidas, vêm guerrear do outro lado da cidade, em casas alheias sitiadas por dentro, registradas em nome de ricos e brancos, os supostos inimigos...

Acontece, no entanto, que os policiais de qualquer cor e os brancos ricos violentados têm a força do seu lado neste momento e, quando se encontram, na porta de vidro da sala, este é o único consolo de ser o que são em meio a tanta desgraça, miséria e burrice do país em que vivem: — Sejam bem-vindos... — O criminoso manietado está no meio da sala, virado de costas, e não vê muito bem a cena. Ergue a cabeça dolorosa apenas para ficar desconsolado com a presença de quem chega: estou bem fodido...

Sim, muito bem mesmo, o invasor mantido vivo ainda não sabe o quanto. O decorrer dos fatos lhe dirá com maior clareza. Está perdido, acha. Precisa encontrar argumentos em sua defesa, mas, pelo momento, ele se cala, tentando pensar no que fazer, dizer, alegar...

— Avisem o secretário que lhe agradecemos de coração! — o proprietário mal se recuperou, mas entende que cabe a ele fazer as honras da casa agora. Oferece comida, bebida, que são recusadas pelo cabo, que sabe onde se encontra na hierarquia social, embora o jovem soldado tenha se adiantado para receber um prato e um copo.

O dono da casa descreve aos homens da lei boa parte do que aconteceu: a invasão da propriedade, o envenenamento do animal de estimação, a destruição da casa na busca por um cofre inexistente, a distração dos meliantes, o revide, o tiroteio...

A violência sexual não é mencionada.

62. Faxina (1ª parte)

QRL?! OK. QAP? Então vai lá e resolve. Não me interessa como. Dá o seu jeito. Adianta o nosso lado. Para todos os efeitos, não aconteceu nada, nada deve explicar nada, nem vai dar em nada o que quer que se suspeita que possa ter acontecido. Qualquer coisa não aconteceu nada mesmo, nem eu não sei de nada, sabe como é. Não tive nada a ver com isso, esse chamado, inclusive. Pode me ignorar completamente e só se meta no que for chamado — ou nem isso, de preferência. Quanto às preferências, aliás, o melhor é não preferir o que quer que seja, em qualquer caso. Seja liso, ensaboado, oculto e omisso, sempre que possível. Para se meter em confusão basta estar vivo. E de farda. Em tempo: esqueça o que por desventura tenha visto e ouvido no fim dessa história. É um conselho barato que eu lhe dou de graça, colega. Basta fazer uma boa faxina e mandar um relatório para cima. Curto. Eles não gostam de ler. É gente importante na hierarquia dos problemas. Não têm tempo. Mas, havendo qualquer dúvida sobre aquilo que eventualmente tenha ocorrido, se é que algo ocorreu, não deve haver prova concreta que sustente a sua existência, que a narração desses fatos pareceria apenas a fantasia de um policial caduco, velho, um preto fardado de merda, na linguagem daqueles brancos, compreende? Ele, você, qualquer um seria esmagado no próprio sistema de opressão em que se encontra instalado, está bem entendido? QRS? OK. QSL? Obrigado. Boa missão. Fim da mensagem.

63. Faxina (2ª parte)

Por via das dúvidas, com toda sua experiência em revezes, o cabo troca as amarras feitas pelos homens brancos, com guardanapos e toalhas egípcias nos pulsos e pés do criminoso, por algemas de aço brasileiro. Não é inoxidável, se vê pelas ferrugens que as corroem, mas o ferro de origem é de boa qualidade e o policial já teve provas de sua resistência para confiar neste instrumento de trabalho.

— O que vocês vão fazer comigo?

O cabo não responde ao bandido, mas sinaliza para o soldado, que usa um guardanapo do Egito para envolver a algema, fazendo uma espécie de alça com que o arrasta para fora da sala, ele também, sem responder a perguntas. As pontas de cobre das botas de borracha do homem manietado deixam outras marcas profundas no piso, na virtual faxineira e na dona da madeira certificada, que olham de longe, perturbadas em meio a tantos prejuízos e encontros devastadores.

— Vamos ter um particular... — diz o cabo, e nada mais fala, pelo momento. Calado, o soldado coloca o criminoso vivo (estrategicamente) ao lado do seu comparsa morto e enrolado no tapete. O cabo desenrola o tapete ao ar livre, fazendo o morto cair sobre as pedras portuguesas, à luz da Lua. Está feio, pálido, com os olhos revirados dentro das órbitas e as calças arriadas abaixo dos joelhos, furado três vezes e empapado em seu próprio sangue, que já forma aquela espécie de pudim gosmento.

— Merda... — comenta mais para si o cabo, tornando a sinalizar para o soldado, que, com a ponta dos dedos, cheio de nojo, mas sem luvas (a corporação não fornece), vasculha os bolsos do cadáver. Encontra um papel engordurado, cheirando a bolinho de carne. Uma bula de remédio (Rohypnol). Uma carteira de estudante (falsa). Uma folha de papel dobrada: a carta de intimação de um agente de condicional (verdadeira). Um isqueiro. Um elástico. O dono da casa e os seus convidados perfilam-se na porta de vidro, na divisa da sala com o quintal, para assistir e avaliar a cena e a performance dos investigadores. Por isso e por aquilo, finalizada esta primeira busca, o soldado cobre o corpo morto e obsceno, usando o tapete empestado. Para alívio da assistência, é possível ver, sentir, o cadáver torna a desaparecer das vistas. Agora faz aquele último frio da noite, antes da explosão do dia. Os policiais então se voltam para o criminoso mais velho, arrepiado. Varejam suas roupas. Encontram um pedaço de cabo metálico (aço inoxidável?). Um canivete multiuso. Uma carteira de trabalho (falsa). Uma carteira de identidade (verdadeira). Um isqueiro. Um elástico. Um papel com o desenho tosco do circuito elétrico do portão (feito a partir do tutorial da internet) e mais uma folha de papel dobrada:

o mapa da casa em que se encontram, com as plantas baixas dos dois andares, todos os cômodos delimitados e definidos. Rabiscos e "X" aqui e ali indicam as supostas localizações dos cofres, compradas a peso de pacotes de cigarro na penitenciária do estado. Os policiais e os presentes (funcionários, proprietários, convidados e agregados), eles ainda não sabem do que se trata tudo isso, mas não são gente que fica sem saber o que quer. É uma questão de tempo...:

— O que é isso?

Está claro o que seja. O bandido mais velho (mais experiente do que o morto, isto é, mais curtido em torturas), ele queria chamar os soldados de estúpidos e burros e os outros de corruptos e assassinos de novo, mas ele aprendeu que não se fala o que se pensa no calor do sistema judiciário local, ainda mais numa acareação informal em território inimigo. Ele não fala, mas:

— Onde você conseguiu isso?

O cabo insiste e se agacha para ficar mais perto do rosto do criminoso, que evita os seus olhares. Na cabeça do ladrão, ecoa a máxima aprendida desde criancinha nos seriados de televisão, é como um mantra: não se mexer, não se mexer para não afundar mais... Areia movediça! Areia movediça!

— Como você conseguiu isso, porra? — o soldado lhe mostra o desenho da casa e pisa com o calcanhar nos dois dedos pequenos da mão do bandido, girando o coturno num passo de dança, ralando a carne do outro contra as pedras portuguesas até que lhe apareçam a gordura e os ossos no mindinho. O criminoso entende que não pode fraquejar numa hora dessas, e, como já lhe havia acontecido antes, do fundo de sua dor é que ele repete a ideia: o criminoso mais velho indica o morto enrolado no tapete turco ali perto e proclama sua própria inocência. O bandido jovem e inexperiente, inerte para todo o sempre, ele que não pode se defender, nem desmentir as acusações falsas que lhe são atribuídas:

— Foi ele, esse estuprador filho da puta, ele quem comprou a informação na cadeia.

64. Missão dada, missão cumprida

É o tal do reservado camuflado na parede da sala, a porta escondida no revestimento importado que se abre num cômodo acuado debaixo da escada, o escritório, a biblioteca, que seja. A porta foi fechada com firmeza e apenas os donos da casa estão reunidos com o cabo. Foi a pedido dele:

— Vamos ter um particular...

O policial nunca viu tantos livros encadernados, ombro a ombro, em estantes de madeira envernizada, espessura boa (20 milímetros ou mais), protegidos por fechaduras e chaves em portas de vidro laminado (8 milímetros, provavelmente). Coisa fina. Resistente.

Ninguém lê tanto — desconfia, com razão, e se volta para os donos de tudo aquilo:

— O senhor ou a senhora conhecem algum dos meliantes invasores?

— Não senhor. Nunca os vimos.

Não é mesmo o lugar deles aparecerem, pensa o cabo, se é que pensa nisso, pois o seu pensamento está no cumprimento do serviço, aquilo para o que foi designado: tenho espírito investigativo, e disciplina... Apesar de tudo, acho.

— Não andaram recebendo visitas estranhas? Problema do gás, da luz, promoção da companhia telefônica, brinde da TV a cabo, da internet, alguma igreja?

— Nós não lidamos com isso, mas a nossa funcionária contratada não nos comunicou qualquer problema com os serviços básicos da casa, nem qualquer presença extravagante.

— Onde estão as armas utilizadas na ocorrência?

— Alinhadas na mesa de jantar: a pistola e a faca. Deitada no sofá, repousa a escopeta, que não foi acionada — responde o proprietário com seu melhor vocabulário.

— Perfeitamente — o cabo torna a abrir a porta, chama a atenção do subordinado, que, posicionado entre a sala e a piscina, vigia, por via das dúvidas, tanto os bandidos vivo e morto como os demais presentes à ocorrência:

— Atenção!

Todos aguardam alguma ordem e o policial mais experiente indica as armas para o jovem soldado:

— A pistola, a faca, a escopeta, leve-as para a viatura, vamos nos livrar delas em seguida, num rio das redondezas.

Fecha a porta, volta às perguntas:

— Tem mais funcionário na casa, senhor?

— Não, só elas duas, nossa antiga empregada e a sua conhecida diarista, que ajuda em nossos jantares de negócio, festas de confraternização política, porque ontem era sábado...

— Entendo — ele prefere dizer, e depois: — Posso conversar com elas?

— Sim senhor, claro.

— Não precisa me chamar de senhor.

— Sim s...

— Até que ponto?

— Como assim?

O cabo ergue a mão direita, numa espécie de juramento; é bem grande, poderia jogar tênis com elas! — imagina o proprietário, admirado.

— Posso pressionar um tanto essas pessoas?

— O senhor acha que...

— A moral dos senhores é confiar, a minha é ao contrário.

— Nós temos referências...

— Só a minha mãozinha, por exemplo?

— É gente de confiança.

— Isso é nós que vamos determinar, senhor.

Vencidos pela sabedoria do policial (experiente em livrar os outros de problemas e ficar calado), os donos da casa lavam as mãos e os pés como Pôncio Pilatos:

— Bem, o s... você é o profissional, aqui, cabo, o policial no comando da ação, faça o que for necessário para esclarecer este caso, por Deus, por favor!

— Sim senhor.

65. Discurso sobre o Estado das coisas (trecho gravado)

Basta prestar atenção: tudo que se altera se complica. No mundo competitivo em que vivemos, quem se arrisca, é sabido, tem 50% de chance de se perder pelo caminho. É uma enorme porcentagem para um risco, senhoras e senhores! Questão de física, de educação física e de matemática financeira — a saber: quem não se mexe não gasta nem aquele mínimo necessário de energia, é autossustentável; não gera despesa nenhuma. Lembremos dos exemplos da natureza: entre as espécies animais e vegetais que invejamos, as mais bem-sucedidas da obra de Deus são aquelas que ficaram paradas no tempo e no espaço, as que fincaram raízes profundas no chão em que estavam, as que conservaram seus genes mais antigos e seus hábitos mais mesquinhos. Aquilo que avança, ou se mistura, se dispersa, essa é que é a verdade. Por isso e por aquilo é que vimos por meio desta propor que permaneçam todos parados onde estão. O que está parado tem a força da tradição e do sagrado. É popular. Sobrevive como espécie. Algumas das comunidades mais fechadas, inalteradas e inflexíveis são as que chegaram até os nossos dias! Nunca melhoraram, é certo, e esta é apenas uma prova de sua eterna eficiência. Entenderam que se manter imóveis e omissas, se fosse o caso, seria — e tem sido — mais econômico e tranquilo do que atiçar as forças e conflitos da produção. Os que se movem se orgulham dos horizontes que atingem, mas só quem está parado no mesmo lugar conhece os meandros e detalhes das suas próprias coisas. O contentamento em ficar parado está em nosso plano de governo para a recuperação do Estado! (Entra som de aplausos.) Ousar parar, ousar permanecer! (Som de aplausos, assobios animados.) Para sempre e a qualquer custo! (Som de aplausos, assobios, gritos de apoio.)

Conto com seu voto! Obrigado, obrigado! (Mais aplausos.) — Corta.

66. Apuração II

— Por que o senhor me trouxe aqui?
— Senta, tia.
A empregada obedece. Em seguida, o soldado tira um papel do bolso da farda. Desdobra e o estende para ela.
— O que é isso?
— A senhora não sabe?
— É um desenho dessa casa, eu acho, senhor.
— Não precisa me chamar de senhor.
— Sim s... O que quer dizer esse monte de "X" marcados nos cômodos? São as paredes?!
— A senhora é quem pode me dizer...
— Eu não sei, não.
— Como é que isso foi parar na calça do bandido lá fora, tia?
— Eu sei lá!
— Alguém deu a informação pra eles...
— É...

O soldado estende um papel e uma caneta para a velha empregada:

— Escreve alguma coisa pra mim...

— Desculpa, eu não tenho escrita.

O soldado chacoalha o papel com certa violência:

— Alguém deve ter batido isso pro vagabundo!

— Só pode ser...

— O morto morava perto do seu bairro... do seu filho.

— É um bairro grande, mora um mundo de gente além de nós...

— Por falar nisso: e ele, o seu filho?

A empregada é ignorante de muitas coisas, mas entende da tal areia movediça: quanto mais falar, reclamar, reagir, se abrir, se mexer, mais complicação.

— Ele tem passagem.

— Quem disse?

— A sua patroa.

— Ela... — "mulher miserável, filha de uma égua", pensa.

— O que o meu filho tem a ver com isso?

— Não sei. Tem? Ele conhece a casa.

— Ele já veio aqui, sim, foi a patroa quem chamou pra trabalhar na reforma, mas não deu certo...

— Por quê?

— Meu menino precisa de um emprego fixo e eles só ofereciam bico.

— Ele ainda tá devendo pro sistema.

— Nada! Saiu com benefício. Tá cumprindo com a obrigação dele, graças a Deus, procurando trabalho direito.

— Mas eu fico pensando: como é que esse malandro sem vergonha aí fora conseguiu o desenho dessa casa enorme, com tudo bonitinho, no lugar certo, e esses "X"...

A empregada dá de ombros e ato contínuo o soldado lhe segura o queixo, força o olhar pra dentro dela:

— Foi a senhora que deu a dica pra eles?
— Nunca!
— Foi o seu filho traficante?
— Ele regenerou! O senhor não tem o d...
— Não é uma coincidência que isso tenha acontecido justamente num dia da festa, só a senhora e essa outra aqui, estranhas...
— Eu trabalho pra esta família há mais de cinquenta anos! E só não me aposentei ainda porque eles não deixam!
— Quem abriu o portão pros vagabundos?
— Eu estava na cozinha!
— E a outra empregada?
— Que é que tem ela?
— A senhora conhece?
— Sim, do meu bairro também! Ela é meio folgada, mas é boa gente.
— O seu filho ainda não arranjou emprego?!
— Está difícil pra todo mundo.
— Sei... Me dá o endereço.
— Por quê?!
— Eu faço as perguntas, aqui, tia.
— Ele não tem nada a ver com isso.
— Isso é a gente que vai decidir...

67. Artigo 333

— Inocente é o caralho, preto filho de uma puta! — reage a mulher do escritor contemporâneo, indignada com o discurso socialista e libertário do bandido. Ela, perturbada, que se mantinha à distância de uns 20 metros, desde a porta de vidro da sala, protegendo-se com ela, a bem dizer, dá um passo para o jardim. Está furiosa com o marido também, por outros assuntos, mas avança contra o homem manietado, pisoteando os brotos de plantas ornamentais raras que se encontram encubados com esterco naquela parte do terreno. A dona da casa, servindo chá para o marido, ela não nota mais este prejuízo que o seguro geral há de cobrir. A antropóloga convidada é contida pelo soldado jovem, pouco experiente, ele que ainda acha que aquilo poderá ser resolvido pelas vias normais da chamada "Justiça brasileira":

— Calma, senhora, calma, estamos aqui para isso, acho...

O soldado conduz a mulher com delicadeza, mas firme, para perto do esposo, dentro da casa, onde ela se recolhe e se cala a contragosto de novo, pensando no que tinha lhe acontecido, preocupada agora mais com ela mesma, sua psicologia, suas posições raciais e políticas, e com o destino do seu casamento, cuja memória e divergências na mesmice passaram a lhe repugnar, de uma hora para outra. As empregadas, em sua sabedoria contratada, se recolheram ao seu canto, à sua insignificância, de preferência, à disposição do que quiserem e precisarem delas, além dos cafés e dos chás que já fizeram depois do clímax da ocorrência: vida que segue... Segue?

Lá fora, do lado oposto, para onde o soldado volta, está se desenvolvendo mais um delito, aparentemente, algo envolvendo a polícia e o bandido em relação direta de corrupção:

— Não fala calma pra mim, vagabundo salafrário!

— Desculpe, senhor cabo, eu estou apenas lhes oferecendo a possibilidade de realizar os seus sonhos, nada mais do que isso. Por exemplo: uma casa mobiliada para a senhora sua esposa, soldado!

Ele se vira para encarar o soldado que se aproxima, como se conhecesse sua história recente, suas necessidades básicas, seu casamento prestes a acontecer. Ao cabo, ele oferece o suficiente para uma aposentadoria confortável, num lugar mais respeitável do que este, por certo. Uma chácara. Um sítio. E, diante da indiferença do cabo, ele aumenta as suas promessas, descreve uma fazenda de gado, uma casa grande com piscina ao ar livre, as crianças brincando felizes e o cabo de pernas pro ar, no alpendre:

— Isso existe, graças a Deus! E pode ser comprado por vocês, meus amigos, basta negociarmos uma saída disso!

— De quanto você está falando? — pergunta o cabo mais por perguntar, mas levantando uma cisma de envenenamento no coração do companheiro recém-chegado à corporação.

— Senhor!

— Cale a boca, soldado raso!

O cabo se refere à inexperiência investigativa do outro, não ao seu caráter, ou à sua inteligência, mas o jovem soldado se ofende assim mesmo. Diante disso, excitado com a cizânia plantada, o criminoso não perde tempo:

— Lembrem do que não têm na geladeira, na garagem, na sua conta bancária; das roupas de grife e dos tênis importados que os seus filhos tanto imploram, sem solução; dos computadores e jogos de última geração, da TV a cabo no gato, as suas disputas de gato e rato para sobreviver! E no fim das contas e do mês as suas crianças molambentas vão continuar nas calçadas das periferias, convivendo e aprendendo com gente do meu tipo, virando a mesma coisa que eu virei... Bandidos... Isso não pode acabar assim! Quem vocês defendem com esta farda, irmãos? Esses brasileiros brancos? De outra classe? Que país é esse? Vamos, me respondam com sinceridade: o que vocês, os senhores, ganham me levando preso?

— Cumprimos com a nossa obrigação! — provoca o soldado, ingênuo.

— É pouco, meu caro, para o mesmo salário de sempre, de fome, trabalhando todo dia e noite e a esta hora da madrugada, enquanto eles festejam em piscinas, comícios, pizzarias e supermercados!

É um blefe do criminoso, claro. Já sabemos que ele está no fundo do poço financeiro, quebrado até o osso do pescoço e ainda está devendo para certas firmas do crime organizado, pela execução de um assalto que acabou em frustração para todos os lados. No entanto, apesar disso tudo, acreditando na força mágica de convencimento das suas palavras, ele prossegue com veemência na tentativa de um acordo improvável até o esgotamento de todas as promessas: muitos desejam esta oportunidade, mas poucos (indica a casa-grande às suas costas) conseguem ter!

— Vocês, os senhores, também podem sonhar! Chegou a sua vez: me joguem nessa viatura, se for necessário, mas me larguem pelo caminho... E pronto! Basta virarmos as costas e desapareceremos todos uns dos outros. Segunda ou terça-feira uma montanha de dinheiro cairá numa conta secreta e numerada, num banco do governo do estado e a senha de entrada será todinha de vocês dois, senhores correntistas...

68. Cavalaria II (reforços)

Cento e vinte. Cento e quarenta. Vieram do mesmo lado miserável e se encontraram pelo meio do caminho, em alta velocidade, com a sirene aberta e o mesmo nível de dirigibilidade assassina. Juntam-se em comboio os soldados motoristas que fizeram, pelo menos, e com boas notas, o Curso de Direção Agressiva I na academia de polícia. Eles são os donos das ruas agora. Por uma questão de experiência, de direitos e princípios, consideram honestos aqueles cidadãos de família que estão dormindo no aconchego dos seus lares cristãos, a esta hora da madrugada, e vagabundos os demais paisanos e mulheres mundanas que infringem horários, territórios, códigos de conduta... (Curso de Psicologia).
— QTY 4 horas.
— QTJ máxima!
— Positivo. TKS!

Cento e sessenta, cento e oitenta. As viaturas estão inchadas, mal se aguentam de andar tão rápido em lugar tão ruim. O cheiro de suor e de carne ralada, além da gasolina e do óleo queimados, não recomenda a respiração do ar que os envolve. Os homens da lei estão calados e alertas. Preparados para ocorrências deste tipo, eles conferem as cargas das pistolas 380 com receio. A noite está prestes a explodir num dia de verão mais quente em muito tempo. O turno do patrulhamento está acabando e eles têm pressa na resolução do caso, antes que ele estrague de vez o domingo sagrado de descanso dos que foram envolvidos, funcionários públicos concursados com períodos de folga muito bem definidos em lei do sindicato.

— QRE?
— QTH designado.
— Copiado. TKS.
— QTX permanente.

Não há mais vigias particulares nas esquinas: é uma omissão consentida. Entendeu-se que neste momento, nesta terra de ninguém, é a vez do Estado; e as forças do Estado passam por cima do que for necessário — inclusive por cima das poltronas e cadeiras quebradas abandonadas na esquina da entrada do bairro luxuoso. Os estilhaços voam para todos os lados num espetáculo de luzes e reflexos que poucos acordados em seus bunkers podem ver.

— QAP?
— Prossiga, QSL?
— Positivo. QRT?
— Positivo. QTE a seguir.

Duas viaturas estacionam com alarde no portão da referida casa-grande. Os motores fumegantes por baixo do capô. Dentro de cada uma das cabines há quatro homens fardados (duas equipes de três soldados — seis no total —, chefiadas por um tenente pardo e um subtenente branco, vistos em ação de captura, anteriormente). Nos dois chiqueirinhos, os dois suspeitos negros a pouco arrancados de suas casas e igrejas.

— QAP, parceiro?

Com a presença ostensiva da polícia, não é mais permitido à velha empregada controlar a entrada do castelo (senha eletrônica). São os homens da lei que abrem o portão. O soldado que já estava na casa digita o código como se fosse ele o porteiro, recepcionista de uma convenção profissional:

— Tenente...

— Subtenente... soldados, boa noite!

— A senhora minha patroa forneceu o nosso segredo para eles?! — choraminga a velha empregada, contrariada.

— Nós, os proprietários, não temos nada a ver com isso, são os cursos da investigação, minha querida... — argumenta a dona da casa, lavando as mãos e os pés, ela agora. A cozinheira ocasional, a faxineira dedicada, ela percebe o desgaste que sofre, o seu rebaixamento no interesse dos patrões, e isso é apenas o começo de sua desventura e de sua família neste final de semana. Ela ainda não viu que no chiqueirinho de uma das viaturas, tratado como um animal, está o seu próprio filho. A velha senha do velho portão será trocada na segunda-feira logo cedo (por funcionários terceirizados) e nunca mais será fornecida à empregada cozinheira, provavelmente, mas os donos da casa ainda não tomaram esta decisão.

— Deus nos proteja! — A diarista, no fundo do coração, nem é tão religiosa e também não sabe da proximidade do marido, amarrado como um porco no chiqueirinho da outra viatura, mas, como num episódio de telepatia, amor intenso, ou como se fosse um toque divino, ela e ele, ao mesmo tempo, sentem um arrepio lhes cruzar as espinhas, da bunda à nuca. É um calafrio de morte, a bem dizer. Já faz calor, mas ambos tremem.

69. Moqueca brasileira (fábula)

Os peixes menores são alimentados com coisas que os grandes não comem. Os peixes pequenos não chegam a ficar grandes.

70. Pensamentos do dia

Este filho da puta do meu marido saiu correndo: se virou e nem olhou na minha cara. Não me mandou um sinal, nem nada. Ele me deu as costas e saiu correndo para o outro lado do problema. Ao primeiro sinal de perigo, ele foge, eu vejo. Me deixa para ser estuprada. Ou coisa pior. Ele ia escapar, pular o muro e sair correndo como um cachorro vadio, um cachorro não, que o cachorro dessa casa lutou o bom combate e agora está sob aquele lençol, junto com o cadáver do estuprador invasor. Nem um animal abandona os seus desse jeito. Nas sociedades que eu estudo, por exemplo, quando um guerreiro foge da batalha... Bem, o covarde se despe do sagrado direito de pertencer. Ele fratura e adoece a comunidade. Esse ser não tem coragem, eu sinto, nem certeza do que quer que seja, que desejo ele deseja, como e se me seduz... preocupou-se em salvar a própria vida, só isso. E, com tudo isso, eu ainda vou colocar a roupa dele na máquina de lavar. Vou passar muito bem uma camisa, às vezes. Vou cozinhar em dias especiais. Vou me deitar por baixo dele. Do lado. E depois eu ainda vou ter um filho com um homem assim. É um homem, um porco amarrado ou um rato assustado dentro de um cano escuro? Não sei... Verme de intestinos, sim, talvez, o meu amor... Eu sei que vou odiar este meu esposo eternamente, mas porei os devidos panos quentes, em nome do que conseguimos construir até agora. Agora é tarde demais para mudar, eu acho. Sou jovem, mas me sinto cansada como a velha empregada e isso é o que importa para os meus cálculos de aposentadoria. Viverei o que me resta numa densa atmosfera, viciada, nublada de desconfianças. Odiar meu sagrado matrimônio primeiro, depois odiar a mim mesma por ter escolhido essa vida. Um ódio puro e digno. Ranzinza. Amargor fiel a si mesmo. Um motor que se alimenta. Um veneno magnífico. Sem antídoto. Com toda a razão.

71. Primeira acareação

Os automóveis importados de origem alemã, japonesa e norte-americana foram retirados da garagem coberta e expostos ao relento, no quintal. Todos têm seguro contra si mesmos e contra terceiros: devagar, senhores... As viaturas, velozes, mas antigas, sem manutenção e sem seguro, pouco confiáveis, elas subiram com cuidado a alameda do jardim. Os pilotos concursados atenderam com perícia técnica aos pedidos da dona da casa, que recomendou cuidado extremo com os brotos de plantas ornamentais encubados nos cantos do terreno.

— Bom dia, senhora — a cozinha fria já não emitia mais qualquer cheiro de comida, e agora quem fazia um café era a própria convidada, já que as empregadas foram isoladas uma da outra (em dois banheiros de serviço), por uma questão de estratégia da investigação. A coisa ferve quando o filho da empregada sai do chiqueirinho. Ela, a antropóloga, o conhece, mas não o cumprimenta. Nem ele olha para ela (mesmo se olhasse, tem o olho inchado, quase cego). Medo e vergonha a impulsionam de volta para sala, foge com o bule fumegando, sem bandeja, sem xícaras, quase correndo, a bem dizer, atravessando a porta vaivém, desaparecendo na direção da sala, entre os seus:

— Gente, eu fiz café...

As viaturas são estacionadas e camufladas entre as árvores (limoeiros, baobás?). Diante da garagem se reúne agora a maioria dos componentes das três equipes enviadas para o entendimento e a resolução da ocorrência, a saber, pela ordem hierárquica: um tenente, um subtenente, um cabo e três dos sete soldados — dos outros quatro, um par deles foi designado para estar ao lado do morto no jardim, por via das dúvidas, e outro par, justamente os dois soldados mais jovens e inexperientes deles todos, foi designado para vigiar o comportamento do velho bandido algemado à beira da piscina:

— Fiquem de olho neste filho da puta!

Em seguida, o tenente se encaminha para os fundos do terreno:

— Primeiro a gente aperta o mais novo...

Logo a garagem é transformada numa sala de manobras policiais. Metade das luzes é desligada. A bancada de ferramentas, bicicletas, patinetes e patins abandonados, latas de insumos importados para a piscina e muitos outros equipamentos de última geração que atravancam o lugar são deslocados para os cantos, abrindo espaço no centro. Duas cadeiras posicionadas frente a frente. Numa delas é sentado (jogado) o suspeito. Além do rosto inchado e lanhado, o seu cabelo está emplastrado de sangue e poeira da escada do apartamento onde mora, morava, a ver... A outra cadeira está reservada para sua mãe, que, ao ser trazida do banheiro de baixo pelo soldado, leva as mãos ao rosto, em penitência:

— O que aconteceu com você, meu filho!?

A mulher, a velha empregada mortificada, é impedida de tocar na sua própria cria, coitada. Quando o tenente entra na garagem, o soldado baixa a porta às suas costas, puxando uma corda (oriental) trabalhada com miçangas. Ficam só os quatro ali dentro. Meio escuro. O menino ergue para a mãe o rosto ferido, emaciado.

— Eu caí no chão...

— Onde, meu Deus?!

— Senhora, nós fazemos as perguntas por aqui — o tenente toma a palavra. Não se apresenta, mas pelos adereços no seu fardamento a velha empregada entende logo que é ele quem vai comandar a conversa. Ela se volta para o policial em súplica, mas, se não pode perguntar, também não deve poder suplicar, pensa, se é que pensa, e se cala do que ia dizer, pedir, implorar. É uma cena triste, dramática de se ver, o poder do Estado, a investigação que pressiona os suspeitos...:

— Então foram vocês que tiveram a ideia?

— Não! Eu já disse que não! — é com a velha empregada que o tenente fala, mas quem responde é o menino, o rapaz, o filho dela. A mão deste tenente não é tão grande quanto a do cabo (que ficou lá fora, com os demais policiais e o pastor), mas a pancada é sonora, no queixo. Os demais policiais ouvem.

— Eu estou falando com ela, a senhora sua mãe, porra — confirma o tenente. A senhora mãe do suspeito tem o impulso de pular sobre o corpo do filho, cobri-lo de agrados e carinhos, protegê-lo do arbítrio, da violência, mas ela não faz isso. Teme aumentar a temperatura dos soldados com o seu drama privado e outra vez ela se cala, se segura, por amor.

— Senhor, desde que se construiu esta casa-grande eu estive hospedada ou trabalhando na edícula dos fundos, prestando serviços de faxina e mesa, cozinhando, lavando e passando de segunda a sexta, e aos sábados, como o de ontem, frequentemente (períodos contratados sem horas extras). Minha vida é isso, essa correria desenfreada, esse vaivém por eles, e nós nunca quisemos mais nada além das esmolas que nos deram, certo, meu filho?

— Não é o que diz o prontuário do menino, tia, esse traficante — acrescenta em bom momento o soldado, ao lado do tenente. O tenente não sabe se gosta desse oportunismo, mas surte efeito: a mãe e o filho ficam ainda mais rebaixados e indefesos por essas insinuações criminosas.

— Foi um deslize, um erro, uma pena que ele está pagando... — a velha empregada coloca toda a sua dignidade nisso, falando por seu filho.

— E o registro na carteira de trabalho? (...) Hein?

O tenente segura (sem luvas) a cabeça melada de sangue do ex-traficante, do rapaz, do menino (não dói mais, só um zumbido); vira-o para si:

— É com você que eu estou falando!

— Eu não arrumo emprego porque está difícil para todo mundo e ainda por cima eu sou egresso; eu sou egresso e não arrumo emprego porque está difícil para todos e ainda por cima eu sou egresso...

— E só por isso, o assalto?

— Eu não tenho nada a ver com isso, já falei mil vezes, pelo amor do Nosso Senhor Jesus Cristo! — o rapaz, o suposto ex-bandido, ele ergue o rosto torturado para olhar o tenente pela primeira vez, desde que chegou. — Acho que foi pro senhor que eu falei, não foi?

— Sem perguntas. Foi comigo. E não precisa me chamar de senhor toda hora. Me chamem de tenente — o cargo é mais importante do que a pessoa.

— Sim, s... tenente... — interrompe a mãe zelosa, explicando que o filho está já fazendo ficha e mandando currículos para várias empresas idôneas —, rezamos todos os dias pela graça de um trabalho remunerado, honesto, em carteira, mas toda a população está fazendo isso e, pelo jeito, não há graça de Deus suficiente para atender a todos os pedidos...

— Não foi ele então, que conhece esta casa tão bem quanto a senhora, que trabalhou aqui em alguma das reformas constantes exigidas por esse tipo de propriedade?

— Eu juro por ele, s... tenente! Foi aquele outro, o maldito pastor, só pode ser. Eu sei...

Diante do que se anuncia ser um testemunho importante, os policiais ficam atentos e excitados:

— O que mais a senhora sabe, minha tia? — estimula com doçura o jovem (e mais esperto) dos soldados. O tenente se põe de lado, dando passagem à inconfidência:

— A mulher, a amante dele, a diarista vive me dizendo que o homem é louco, que perde todo seu tempo erguendo uma igreja imensa, um templo dos sonhos no nosso bairro miserável, cheio de equipamentos e de novidades protestantes, com acabamento, assentos e som de primeira, púlpitos de acrílico, luzes coloridas, telões com imagens de Jerusalém, citações dos apóstolos em todas as paredes e milhares de bíblias encadernadas (apenas o Novo Testamento) para dar de presente... Espalhar a palavra desse jeito custa muito dinheiro! E de onde esse fanático tira os recursos que emprega nessa luxúria religiosa, eu pergunto, se está tão desempregado quanto este menino?

— Nós é que fazemos as perguntas, aqui, tia, lembre-se sempre, mas nós perguntaremos isso a ele, ao outro suspeito, sim, obrigado.

O tenente toma-lhes a palavra apenas para comandar e concluir:

— Dispensados esses dois... Por enquanto.

72. Artigo 333 II

Enquanto isso, na beira da piscina:
— Vocês já pensaram em mudar de vida? Pois há uma organização criminosa em ascensão que oferece vagas na área de segurança e gestão administrativa para jovens soldados entediados, arrependidos, desenganados, caídos em desgraça e/ou aposentados a bem do serviço público estadual, que tal?
Requisitos: treinamento militar, desprendimento para ação, experiência com armas de fogo e técnicas de interrogatório, sequestros-relâmpago, eliminação de testemunhas, arrombamentos e salvamentos em cofres e penitenciárias. Oferecemos: remuneração imediata e compatível com os resultados de sua capacidade de liderança, plano de carreira, carreiras de cocaína para dar e vender, uniforme de camuflagem urbana, armamento raspado e radiocomunicação clandestina, férias permanentes em condomínios fechados da nossa rede de assistência hoteleira e benefícios

sociais de última geração, como carro alemão ou japonês do ano, roupas de grife europeias e tênis importados da China e dos Estados Unidos. Há várias maneiras de servir à pátria em meio a tantos estrangeirismos: uma delas é se opor ao atual Estado das coisas; salvar a nossa raça das garras da opressão dos outros bandidos. Aliás, muitos considerados criminosos acabaram como revolucionários nos livros de História... Não se iludam com a miragem do salário e do emprego concursado diante da liberdade para vencer e potência para crescer do nosso empreendedorismo. Saiam dessa farda engomada, rapazes! Arejem as ideias! Venham para o crime organizado vocês também! Vêm?

73. Arquitetura moderna do Brasil

Puta que me pariu! Meia dúzia de pilotis dessa finura pra sustentar um par de lajes dessa grossura, horrorosas de se bater e um porre de se alisar (vai cair essa joça!), paredes recortadas, torcidas, chanfradas, curvas, cômodos e puxadinhos por todos os lados, desconjuntados entre uns e outros, dobraduras (aparentemente) inúteis na parte de cima, abertura total na parte de baixo, escadas sem apoio, preguiça de arquiteto e engenheiro concretistas brasileiros sem carteira assinada como eu, mas muito bem remunerados em seus escritórios contratados por hora e o trabalho de alvenaria do caralho vem todo ele pra cima das minhas costas, dos meus braços, da minha cabeça, eu penso, se é que penso, um burro de carga, santo Cristo, e por que esses nichos nas paredes (?), nos corredores (?), nos quartos (?) e até nos banheiros (!), reentrâncias e saliências camufladas em si mesmas, fundos falsos em bancadas e armários embutidos com cimento e muito, muito vidro, numa contradição evidente até para um sujeito simples como eu: querem uma casa transparente, para serem vistos desfilando as suas riquezas, mas que também lhes permita se esconder nesses buracos, quando for preciso, quando forem procurados, eu acho... Não seria um problema de insegurança deles, disso eu tenho certeza, já que a segurança entre nós é de propriedade exclusiva deles, como este terreno abaulado, entojado e incômodo de abordar com os alicerces, meu saco...

Naquele momento o mestre da obra está numa situação complicada mesmo: a construção atrasada, as cobranças cada vez mais enérgicas dos proprietários e seus prepostos qualificados (empregadas, motoristas, vigias), e ainda por cima os serventes e ajudantes que lhe arranjaram são fracos para carregar um saco de areia de 10 quilos, limítrofes descoordenados até mesmo para assentar tijolos ou francamente preguiçosos, como aquele filho da empregada velha, ou cozinheira da família, sei lá, que ele se viu obrigado a incorporar à sua equipe e passa o dia queimando fumo, com jeito atravessado, batendo prego no dedo: — Tome cuidado com a serra, porra! Não vai me ficar aleijado também! — O fato é que não estava fácil para mais ninguém além dos proprietários, que pressionavam e perscrutavam o mestre como se ele fosse moleque, um iniciante, um assaltante, um criminoso...

O que esses branquelos salafrários têm a esconder? Do que têm tantos medos? Que documentos comprometedores de se ler devem ser, que vergonhas profundas vão passar? Ou eles vão enjaular um dinheiro vivo que pode lhes morder a mão, como um cão sem dono? Que diabo eles vão enterrar nesses buracos, meu Deus? As joias de tesouros amealhados, como faziam no Antigo Egito? Seriam sarcófagos ou estantes de livros? Não, ninguém lê tanto assim entre nós, nem eles, nem eu muito menos, mas eu não sou cego pra tudo, nem surdo pra certos barulhos esquisitos que eu ouço, nem tão burro assim, talvez... Quem sabe? Pensando bem, aí tem.

74. Segunda acareação

Desde que foi arrancado da edificação de sua obra, o pastor esteve exposto à violência, às intempéries (primeiro o frio da noite, depois o fragor do dia), à movimentação constante e desprotegida (no chiqueirinho) com a dirigibilidade agressiva do soldado que pilotava a viatura, aos odores sugestivos de morte recente e iminente do local, à falta de alimentação, de água e de advogados e à proibição expressa de ir ao banheiro:

— Se você sujar aí a gente te mata, QSL?

Quando o cabo o leva para a garagem, a sua mulher, a diarista, já está sentada numa das cadeiras. Ela o vê em frangalhos, mas está tão acostumada com esta visão que não se altera:

— É você, querido?

Ela pergunta por via das dúvidas, observando o torso ralado, ferido, rasgado, o rosto inchado, emaciado e quase irreconhecível do outro. O marido não lhe responde de imediato, é sentado (jogado) na cadeira. Ele está calado, ou orando, talvez, balbuciando uma súplica muda que ela não consegue entender. A mulher se sente um tanto responsável pela busca/surra do marido, também, por isso insiste com ele, confusa, chorosa:

— Desculpa, eu não tenho culpa...

Do canto obscuro da garagem convertida em sala de interrogatórios (ou torturas), surge então a silhueta do subtenente de pouco mais de 30 anos, alto, forte, vigoroso. Entre as diversas insígnias no seu uniforme, uma condecoração por bravura. A diarista não entende da cultura hierárquica da polícia, mas o cabo, com toda sua experiência (embora sem condecorações e muito menos promoções do outro, mais jovem), ele sabe o que aquilo significa e logo o diálogo começa com uma declaração de poder, um tapa na cara, de mãozona aberta, na orelha, em cada um dos dois interrogados:

— Presta atenção em mim...

Os ouvidos da diarista e do pastor ficam zumbindo das pancadas. Mas, no pastor, o zumbido se adelgaça numa espécie de alarido e o alarido em balbucios, em fonemas, em palavras...

— O que é isso? — ele diz, e toma outro tapa, agora na cara. Não é possível saber se é um fenômeno psiquiátrico ou religioso, mas agora ele sente o sentimento fisicamente, uma plenitude súbita, e todo sofrimento, parece, começa a se desprender dele. Deus deve estar falando comigo, pensa, se é que pensa:

— Obrigado, Senhor! Sois como um bálsamo dentro desse pesadelo...

— Eu é que estou falando contigo! — agora um soco no peito.

O pastor está nu da cintura para cima e as tatuagens de Nossa Senhora Aparecida naquelas costas, denunciando-o como matador de policiais... Bem, aqueles sinais não vão facilitar a sua vida — quem prevê acertadamente o rumo dessas coisas, com toda sua sabedoria, é a diarista, ela mesma educada na porrada. O subtenente, como se adivinhasse o que ela tem na cabeça, ele a pega pela garganta e a suspende por ali; ela estica a espinha no encosto da cadeira a ponto de estalar:

— Vamos lá, conta como e quando vocês deram a casa pros vagabundos lá fora, vai... Já é domingo cedo, vamos todos pra casa e pro presídio descansar...

— Eu já disse pra eles que nós não t... — a diarista, embora irritada, ela fala mais com o marido diante dela do que com o subtenente, em posição de alerta ao seu lado. Acontece que é o subtenente quem tem a sua garganta nas mãos, e, usufruindo do seu direito e da ordem de investigar, ele a aperta por ali:

— Você está me dando a resposta errada, dona...

Rosnando, sufocando, a diarista se cala, se engasga, mas não pede socorro. Ninguém pode fazer nada por ela agora, nem o marido, ela sabe:

— O que acha, cabo? Ela não está me dando a resposta errada?

O cabo continua em posição, calado. Já o outro, o religioso, o pobre coitado, sentado torto como um gárgula, mas conectado com o Senhor, ele acha que está atingindo uma outra dimensão de sua crença, ou surto psicótico que seja, e prega:

— Aqueles que estão reunidos na sala da casa-grande, aqueles que estão escondidos nos banheiros, aqueles que estão mortos e cobertos no quintal, aqueles que vieram porque foram chamados, ela, vocês, eu... Tudo é inocência nesse mundo de meu Deus... Ele é o culpado!

O pastor aponta para o teto da garagem, vendo o fulgurante céu da manhã, além das lajes de cimento. Um raio de sol aponta na sua direção, um eleito...

— Vai dar uma de santo, safado? — o subtenente acha que ele está se fazendo de bobo e não pode admitir que a sua autoridade seja questionada diante de civis e subalternos, por isso ele mete a mão e senta a bota, em sequência, para se afirmar no comando da cena:

— Fala!

— Ouçam! Ele que está dizendo: a culpa é do Criador!

Para o pastor, é o próprio Deus Nosso Senhor quem fala por ele naquele momento, enquanto ele mesmo apanha na cara, no peito, nas costas tatuadas, cotoveladas no ombro, no rosto e coronhadas na cabeça, nas orelhas, cai no chão, de joelhos:

— Glória! Glória, meu Pai!

O cabo até se incomoda com o tratamento dado aos pobres coitados dos depoentes, mas, com toda sua experiência na cultura hierárquica da polícia, decide não fazer nada. Do outro lado (mas quase o mesmo, no caso deles), tocado pelo espírito, o corpo adormecido pelos golpes, o pastor vê, se é que vê, que as palavras do Senhor se materializam em passarinhos brancos, que eles sobrevoam em círculos, cantando e zumbindo, no Jardim do Éden...

Depois apaga. E se urina.

— Que saco! Vamos fazer diferente... — comanda o subtenente. — Traz o outro fodido.

75. Enquanto isso, entre as vítimas

Quando a antropóloga convidada entra na sala carregando o bule de café pelando, tropeçando nas sandálias, derramando o líquido, pintando nódoas no chão de madeira certificada, ela só encontra um paisano ali sentado, o escritor contemporâneo, seu marido. Ele está rodeado de soldados por todos os lados.

Rindo. De quê?

— Mas o que é isso? Onde estão os nossos, os outros? — ela pergunta ou pensa que pergunta, mas não há resposta. Os soldados logo assumem uma posição de sentido, rapidamente calados dentro de seus uniformes, e o seu esposo aponta às costas a porta escondida debaixo da escada:

— Os quatro entraram ali...

Desde o outro lado da edificação modernista, é possível ouvir as pancadas. Elas vêm da garagem fechada. São golpes sonoros, porém secos, desferidos em carne humana. Bum, bum, três, quatro, não param. Não se ouve um ai, também. Gente de fibra. Ou amortecida, já. Ela tenta disfarçar daquilo que sabe que está acontecendo com os mais vulneráveis, é muito perto e tem a ver com ela, também, e a convidada homicida procura em desespero uma xícara que seja sobre a mesa, mas estão todas sujas de café velho, de reboco arrancado a chumbo e pancadas nas paredes, do sangue que ela própria derramou à bala, e abandona o bule de qualquer jeito em cima da mesa, marcando um círculo de preto de queimado no tampo de carvalho: porra de barulho!

Satisfaz-se em beber dois ou três goles da bebida amarga e morna dentro de uma taça de estanho, talvez um troféu publicitário pequeno de terceiro lugar que jaz na estante de cimento: Deus me perdoe!

Ela deveria conversar com o marido agora, pôr a coisa em pratos limpos entre eles, o que aconteceu, o que está acontecendo, mas, no fim, por preguiça ou por ser um mau momento, ela também se cala, como os soldados perfilados. No entanto, ela percebe uma nota de escárnio, quase imperceptível, no canto dos lábios deles, dos soldados e do marido, mas então os donos da casa, sua filha e seu virtual marido milionário, eles que estavam em reunião familiar fechada na biblioteca abrem a porta e voltam para a sala, impondo respeito no recinto. Instaura-se o silêncio denso dos proprietários. É o próprio anfitrião, o assessor político, a vítima violentada, quem fala:

— Precisamos ter um particular...

E, como se soubessem do que se trata, e que não se trata de sua alçada, eles, os soldados, se retiram em ordem-unida, em fila indiana, e se trancam para fora da casa, perto da piscina, ao lado do cadáver do bandido estuprador enrolado no tapete turco e do bandido vivo, manietado, que agora tem um guardanapo egípcio enfiado na boca, para ficar calado: negro do caralho!

Dentro da sala, é como se fosse um aquário, agora. Até a água da piscina colabora, os seus reflexos são como pinceladas nas paredes, nos troféus, nos móveis...

— Queridos, vamos nos sentar...

Apesar de tudo o que sofreu, reconhecem em silêncio a sua vitalidade, as visitas: não perde a pose, o filho da puta...

Sentam-se todos no maior sofá da sala (são seis, mas cabem doze... quinze, com boa vontade), aquele de quadrados de couro marrom, branco e preto em que se afundam (é um móvel de Goiás, pelo qual foram sacrificadas nove reses bovinas da raça nelore/tipo exportação):

— Querido, querida... o que nós vivemos hoje aqui em casa há de ficar gravado para sempre em nossos corações e mentes. Nosso povo é submetido a todo tipo de violência nesse país e conosco não foi diferente. Eu não os perdoo, mas vou seguir vivendo. Eu tenho um trabalho importante a fazer e nada vai me desviar de meu objetivo. Quem sabe ao fim de tudo isso não nos encontraremos no mesmo barco...

O proprietário do imóvel, o contratante do escritor contemporâneo, a bem dizer, ele lhe lança um olhar cúmplice, que é captado pelas esposas de ambos. A dona da casa está ao lado do marido, arrimo da família e seu sócio no matrimônio bem-sucedido. A convidada permanece confusa com os últimos acontecimentos, mas entende que o preço do cônjuge não é caro, e em breve ele será definitivamente comprado pelo outro. Como uma reação alérgica, ela muda de lugar, indo se sentar longe do marido, numa poltrona de plástico. Ele nem repara nisso, atento que está ao discurso do proprietário, patrão, não sei...:

— Nós estamos em plena campanha política, num projeto de Estado que vai explodir com todas as convenções e experiências anteriores. Uma gestão incendiária! A revolução que nunca tivemos e por isso nos tornamos essa... isso — a filha e o genro muito rico balançam a cabeça como pêndulos de relógio, concordado com a geração anterior... — Acontece que há muitas conexões ruins que podem ser feitas a partir de uma ocorrência como essa, neste momento... E nós, sim, nós quatro... — o proprietário lança um olhar inquisidor na direção da convidada —, nenhum de nós temos direito de interromper um processo histórico desse nível...

Que diabos ele quer dizer, meu Deus? — pergunta-se em silêncio a antropóloga inculpada. O seu marido escritor, mais venal e esperto, ele entende que se trata de um discurso sobre um produto que ainda vai ser inventado por eles, um poder a ser exercido, e fica mais excitado com isso.

— Querida amiga, querido colaborador, eu pediria que vocês não mencionassem nada do ocorrido. Nem entre vocês, nem para a polícia, nem para ninguém...

— Você tem a minha palavra — se apressa em assegurar o escritor contemporâneo, já pensando como assessor contratado.

A sua mulher, ao contrário, ela se agita na poltrona de plástico, faz um guincho esquisito que se junta com a pancadaria da garagem, ao fundo, talvez, ela não sabe, e se irrita:

— Mas e ele? — a antropóloga aponta o cadáver do bandido estuprador e o outro, manietado, vivo ainda, cercado de soldados no jardim: — E eles, e nós, e eu?

A resposta do chefe da casa é curta e enigmática:

— A gente dá um jeito nisso.

76. Sua Excelência, o candidato III

Estão no escritório da capital federal, a poucas semanas do início da campanha, e o assessor político lembra ao seu candidato preferido que ele não tem nem plano de governo nem a definição de um projeto de poder para o país, que muitos empresários e religiosos, advogados e procuradores, o próprio exército e os banqueiros brasileiros gostariam de investir naquele tipo de aventura, mas desejam um compromisso qualquer para o futuro, uma dica que fosse, das obras, atitudes e equipamentos que receberiam em retorno. Futuro?! — pensa o candidato, se é que pensa em algo, porque franze o rosto, desentendido. Neste momento, o que se passa em sua cabeça, acho, é um denso silêncio, e que se esgota tedioso nele mesmo: quer dizer: o candidato não tem nada a propor, ou dizer, além de ser o que é, naturalmente vazio, propenso a aceitar o que vem em sua direção, arisco ao chamamento do trabalho e das obrigações morais.

— O nosso futuro, sim! — o assessor político, que já havia sido um escritor e moralista promissor antes de ser um publicitário frustrado, reconhece a má qualidade do produto que tem para se vender...

Preocupado com o destino dos recursos oferecidos ao projeto escuso de país que aqueles tais brasileiros tinham em mente e receando o fim de seu contrato temporário, o assessor político pega um bloco de notas, uma caneta esferográfica e arranca um mapa desatualizado da parede. Depois, posiciona sua cadeira bem na frente do homem público (o ex-governador, o seu produto/candidato), estende o velho mapa sobre o colo e começa uma espécie de chamada oral, indicando diversos pontos, climas e relevos do lugar...

— O que produz esta região, candidato?

— Arroz e feijão, mas não sai daquilo...

— Então o senhor vai prometer a diversificação, vão plantar milho e soja e criar gado e galinhas em grandes extensões de terras griladas e mais a construção de 2 mil quilômetros de estradas asfaltadas, daquelas inspiradas nas mais belas e bem-acabadas pistas da Alemanha nazista ou do Irã fundamentalista!

— Bendito seja!

— E o que tem aqui?

— Minérios preciosos, querido, mas não temos como acessá-los sem muito trabalho cansativo e perdulário... — lamenta o candidato, informado quanto a isso.

Preguiçoso do caralho — pensa e se cala o assessor político. E mais que depressa ele anota em seu mapa e no bloco de notas: — O senhor vai prometer uma revolução no subsolo a quem tiver equipamento e desprendimento para penetrá-lo e extraí-lo, e caminhos de ferro ligados a portos disponíveis para levá-lo em porões de navios negreiros aos países clientes e amigos estrangeiros.

— Parece um bom negócio! Há de gerar muitos empregos!

— Empregos e salários que o senhor vai propor aos milhões para quem mora nas cidades!

Preocupado, o candidato reage:

— A insegurança nas cidades é gigantesca e a nossa polícia, frouxa. Fiquem em suas casas, eu diria, não saiam para nada que não seja em carro blindado!

— Neste caso, o senhor primeiro vai prometer uma reformulação completa de nossas forças armadas, que serão bem equipadas, treinadas para agir com rigor e blindadas de qualquer demanda judicial! O senhor vai mandar decretos e convidar juízes a darem penas máximas diante do mínimo deslize, tudo em nome da nossa segurança!

— Poderemos também prometer a construção de penitenciárias em cidades menores, que podem viver às custas delas...

— Muito bem, senhor presidente! — felicitam-se o assessor e o assessorado... — Aqui?

— Aí só tem miséria mesmo.

— Então o senhor vai prometer prosperidade para sempre.

— Deus abençoe!

— E aqui?

— Aí já estão todos ricos, meu caro!

— Então o senhor vai prometer que ganharão ainda mais do que jamais tiveram!

— Pois não!

E assim mesmo, com um plano de governo e um projeto político feito nas coxas de um assessor, na frieza de um escritório provisório, com informações desencontradas e material ilustrativo ultrapassado fornecidos pelo candidato, o ex-governador, conhecido como lesado e cocainômano, este candidato, ele se tornará uma celebridade na área do planejamento social e administração pública, atraindo o interesse da imprensa e do eleitorado, de organizações de caridade, do capital nacional e estrangeiro, em colaborações financeiras oficiais e algumas malas de dinheiro que nem precisará declarar a quem quer que seja, pavimentando o seu caminho para que em breve tempo — com a força e o crédito das urnas — venha a conquistar a Presidência da República. Conto com seu voto. Obrigado. Aplausos.

77. Moral de meganha

O homem não presta por instinto.

78. Reunião de família

No compartimento secreto da casa-grande, no escritório/biblioteca, cercados por livros intocados e de páginas tristemente coladas, a família, pais e filhos da classe e educação deles, avalia a sua própria condição física, emocional, jurídica e financeira: em primeiro lugar, o chefe da família precisa ir a um hospital, fazer o PSA ou exame mais detalhado. Não é para saber se está saudável, mas se foi infectado por AIDS, hepatite, blenorragia, sífilis (está de volta entre eles) ou qualquer outra contaminação de seu sangue original; é o que aconselha a filha, que não é especialista naquilo (é estudante de Veterinária, lembrem-se), mas ainda se preocupa com o seu pai, com o seu próprio futuro.

A esposa, que a exemplo do que fará a filha já desistira das mazelas de uma carreira pela situação confortável do matrimônio em que vivia, ela jamais pensou em pensar nada diferente do marido, muito pelo contrário... Todos olham com pena para o proprietário e seu abatimento:

— Não há de ser nada, querido...

— Exatamente! O melhor diante deste fato é não fazer nada — quem advoga o negacionismo total é o genro, ele mesmo muito rico (estudante de Direito, rentista) e, há muito tempo, de família tradicionalmente bem-sucedida desde os velhos tempos da monarquia, e por isso é ouvido com o maior respeito e atenção:

— Pois não, meu amor?

Onde diabos esse moleque está querendo chegar?! — pergunta-se e admira-se o proprietário, cheio de medos e ressentimento, mas ele também incomodado com as circunstâncias em que se viram envolvidos e as suas consequências...

— Senhoras e senhor, nada do que fizermos vai mudar o que quer que seja do que aconteceu, mas podemos mudar para pior sempre que fizermos algo diferente do que somos e fizemos todas as outras vezes... Não se mexer intempestivamente. Não se agitar diante de qualquer provocação... Sim, senhor, senhoras, pois nada do que fizermos por justiça, ou vingança, vai restituir o que perdemos, se é que perdemos algo que preste, e ademais as compensações mais relevantes vêm das companhias de seguro e haverão de atenuar um tanto o seu estado de espírito, meu pobre sogro, coitado... — são bons argumentos para quem tem medo, currículo e patrimônio duvidosos, ou um projeto político escuso a zelar. O rapaz recém-chegado ao seio da família é o centro das atenções agora: — O tempo está próximo, amados, as eleições vêm aí, e as humilhações que o senhor, meu sogro, sofreu, por mal interpretadas pelos inimigos de Estado e piadistas infames de plantão, elas poderão gerar uma publicidade extremamente negativa para a campanha do nosso candidato — o pai do namorado da filha do proprietário é sócio do virtual próximo presidente —, para não dizer as ironias mais abjetas, o completo escárnio dos comentaristas de TV e os moralistas nas redes sociais... Enfim, será o fim de todos nós!

Convencidos pela força das ideias do jovem inexperiente, capazes de inocular entusiasmo, os presentes se abraçam como se estivessem num evento esportivo, partidário ou religioso, sei lá... É um momento de revelação entre eles, sim: — Sempre seremos os mesmos, senhoras e senhor, isso é o que importa: permanecer!

É um instante de grande sabedoria, também: — O principal, meus irmãos, a nossa preciosa vida para usufruir de tudo o que temos e teremos, ela está preservada, não está?

Esse desprendimento os comove ainda mais, e tornam a se abraçar, se beijar, louvando aquilo que são:

— Graças a Deus, irmãos, Ele sim, nosso Senhor!

É também um pacto, um juramento que se fazem:

— Glória!

— Glória!

— Glória, Senhor!

79. Pensamentos do dia II

Eu aprendi com a mamãe, que aprendeu com a minha avó e elas com as avós delas, que um casamento funcional é como uma empresa funcional. Quando bem-sucedida, há coesão de ideais e esforços entre os sócios. Quando evolui, não tem abalos. Usufruímos de seus lucros. E quando os abalos ameaçam a estrutura, aí sim é preciso que os empreendedores envolvidos sejam fortes, comprometidos... E aguentar o tranco. Minhas opções eu joguei pela janela da desesperança logo cedo, quando me casei, porque as escolhas e fazeres do meu parceiro sempre me pareceram melhores (mais rentáveis) do que as minhas... Mas e agora? O que eu faço, se não sei fazer nada de nada? Fui criada para ter criados, sauna seca e piscina aquecida, e tudo que eu tenho é em sociedade com ele, esse ser humano! Se o meu digníssimo esposo sucumbe a qualquer fraqueza, afundamos todos no mesmo barco... Socorro! Eu perderei o sossego que tenho, com certeza, a menina perderá o namorado tradicionalista e rico, também é certo... E ele? Vai se recuperar das sevícias físicas? Terá a mesma autoconfiança nele mesmo depois de ser penetrado em público? Talvez algo do ocorrido já tenha vazado, se espalhado para o falatório e maledicências das forças de segurança do Estado aí presentes... Jesus! Tomara que ele não esteja doente. E, quando fizermos sexo anal, que gosto vai ter? Terá aprendido algo com isso, senhor? Tiraremos qualquer lição? Eu tenho medo... E o nosso matrimônio como um todo, do que ele sofrerá além do desgaste do tempo? Se fosse comigo, pelo menos, eu teria o prazer de ser mais vítima do que sou, ou me sinto, mas não. Foi com o meu marido... Deus o proteja. Eu é que não posso.

80. Terceira acareação

Fosse um filme de vanguarda, a câmera giraria em panorâmicas infinitas, deixando a todos tontos com a cena: primeiro, a velha empregada implora pela vida do filho. É dramático mesmo: um entrecho triste e doloroso na porta da cozinha. Ele, o seu menino, ainda está vivo, ela o vê com seus próprios olhos quando é trazido de volta para a garagem convertida em sala de torturas, mas sabe aonde aquilo pode chegar quando se impõe a lei dos brancos da casa-grande entre funcionários da cor que eram.

— Se ele não tem nada a temer, não há de ser nada, minha tia... — mente o soldado fechando um punho às costas e sustentando o rapaz (o ex-traficante de cocaína em condicional) com o outro, por debaixo do braço, como se carregasse um boneco de mola, cada vez mais voluntarioso, pronto para instilar o medo e a dor ao primeiro comando, para incômodo do cabo que trabalha ombro a ombro com ele na viatura e não conhecia esse espírito empreendedor, competitivo, raivoso, a bem dizer, de seu parceiro.

Fosse um filme antropológico, mostraria que este cabo visto desde antes neste enredo e o tenente que comanda uma das equipes enviadas para "resolver a questão", mais experientes do que os outros em derrotas e humilhações, eles se mantêm apartados; são cúmplices, por certo, mas ostensivamente inativos, como se sentissem na própria pele a tortura que os outros pretos estão sofrendo naquele momento.

— Aí está o seu comparsa! — entusiasmado com a chegada do soldado portando o filho da empregada todo desconjuntado, o subtenente joga um balde de água no pastor, que permaneceu o tempo todo desacordado na cadeira, ou falando com Deus, que seja, e só assim ele deixa o seu transe, parece. Estão sentados frente a frente os dois suspeitos de cumplicidade no crime em questão, agora. — Então? Qual dos dois vagabundos deu a ideia para os malandros lá fora? — o pastor e o jovem traficante se encaram sem entender de quem se trata. Não que seja fácil qualquer reconhecimento entre eles, inchados, macerados de pancadas e abatidos como estavam, os dois.

— Quem é esse cara? — pergunta com dificuldade de fala o rapaz, o filho da empregada, e com sinceridade, pois jamais viu o pastor na vida, nem naquele estado de petição de miséria em que se encontram ambos, e isso para receber como resposta mais uma porrada no rosto, e outra, na outra face: — Ele é seu comparsa, santo Cristo, eu já falei!

— Deus Pai é testemunha de que eu não conheço esse menino... — o pastor não abandonou a sua conexão divina por conversar com o subtenente na garagem, pelo visto. E

está disposto a falar a sua nova verdade custe o que custar:
— Eu não tenho culpa. Ele é o Criador de tudo isso, e de todas as nossas mazelas... — ele aponta para Deus do céu acima da laje da garagem, como da outra vez, mas não há ninguém do seu lado nessa hora de suplício.
— Não seja besta!
Tapa. Soco. Chute. Nem sempre é a verdade que interessa, se sabe, mas o interesse, ou a necessidade de se encontrar algum ou mais culpados, dependendo do delito, do interesse em resolvê-lo ou da cor e da classe a que pertencem as vítimas da ocorrência.

Aquele era um caso típico da cultura deles, que nunca acaba bem, alguém já disse neste livro, e naquele dia (domingo cedo, de sol radiante) não seria diferente...

— Então? É a última vez que eu pergunto...

Fosse um filme político, realista, se editaria esta sequência com ritmo acelerado: o pequeno massacre que se segue às negativas dos acusados. A velocidade e a violência seriam progressivas nas imagens. Em montagem paralela, enquanto o pastor recebe os golpes em silêncio, ou falando com Deus, quem sabe, o rapaz, o filho da empregada, ele não esconde o seu tormento. É possível ouvi-lo lá longe, perto da piscina, entre os mortos e os vivos junto das viaturas de polícia e dentro do banheiro de empregada, onde sua mãe fora isolada outra vez.

— Minha mãe!

E a velha empregada, coitadinha, ela grita o nome do filho em resposta. A diarista, que imagina muito bem o que está se passando, ela decide chamar pelo marido. Ecoam os pedidos e imprecações das funcionárias pela integridade física (quase perdida, aliás) dos seus parentes. Ouvindo dentro da garagem o aumento desta balbúrdia, temendo pela reação generalizada dos oprimidos, por uma revolução que acontecesse nos banheiros da casa-grande, o subtenente (destemperado, mais do que destreinado), ele saca sua pistola brasileira (que supõe travada), mas, antes que possa engatilhá-la, numa ameaça a quem quer que seja, a arma dispara acidentalmente.

81. Cenário e balística do tiro acidental

O projétil de calibre nominal 9 milímetros (.355"/93 gramas) parte da boca da referida arma a 55 metros por segundo, num ângulo de 30 graus (voltado para cima) em relação ao vetor do solo (coeficiente balístico: 0,086) e passa a menos de 5 centímetros da mandíbula do pastor, que balbucia ou ora entredentes. Ele é o mais próximo da origem do disparo, do subtenente (para todos os efeitos). O projétil segue em retilínea ascendente e atinge velocidade máxima externa (48 metros por segundo) ao passar a 2 centímetros de distância da cabeça do outro elemento sentado, o jovem ex-traficante, que, com sabedoria instintiva, num impulso salvador de sua vida, recuou no exato instante da detonação, como se antevisse, ou conhecesse, a qualidade das pistolas 380 da polícia. O tenente, mais velho e mais experiente, ele logo se joga de lado, derrubando uma prateleira. Agora o projétil segue em trajetória ascendente na direção do cabo, que se encontra no canto oposto ao atirador e de frente para ele. Fosse um filme de cinema, ele se dobraria à passagem da bala, mas o cabo não tem tempo para isso na vida real em que se encontra: assim, sem que ele se mova, o núcleo de chumbo do projétil jaquetado (mole, um rastro de fogo incandescente), ele chega a queimar-lhe os fios de superfície da velha farda, a farda do referido cabo (no ombro especificamente), antes de se encaminhar para o impacto num ângulo de 90 graus em relação à parede, que atinge a 43 metros por segundo, penetrando 15 milímetros no reboco — quando se separa em dois fragmentos e ambos caem, ainda mornos, mas mansamente, aos pés do soldado, que os recolhe e esconde no bolso da sua farda, por via das dúvidas. Sim, é quase por milagre que ninguém foi atingido, pode-se dizer. É o que há por relatar. Assino e dou fé. Amém.

82. Lição de História Contemporânea do país deles

O atual comandante da polícia, por exemplo, era branco, tinha patente de coronel e era do exército na origem. Com especialização (cursos I e II, em nível de pós) na área de contrainformação e guerra de guerrilhas, ele tinha percorrido diversas repartições de antigos governos militares, prestando serviços técnicos de interrogador diplomado, sempre lotado junto àqueles grupos táticos criados para o desmanche das organizações subversivas. Uma carreira de sucesso, pré-indicada ao generalato, se dizia, não fosse a mudança dos ventos democráticos a lhe derrubar as aspirações. Caiu em desgraça, mas nem por isso foi esquecido, sendo convidado, ou convocado, para assumir a polícia do seu estado, em várias administrações. A luta armada acabou e seus horários agora são regrados. Tem sábados, domingos e feriados para estar com a família.

As sequelas que desenvolveu foi o vício em bombinhas de asma e a mania de jamais se sentar de costas para portas e janelas. Consta em seu prontuário mais recente, expurgado de certos fatos, ou delitos do passado, que ele ajudou a prender grandes sonegadores e criminosos contumazes. Não fez inimigos desnecessários, que soubesse. Hoje ele é muito respeitado entre os seus subordinados, mas ainda fica confuso, às vezes, ao olhar para cima, obedecendo às ordens de quem antes era preciso vigiar, inquirir e, eventualmente, exterminar.

83. Roleta-russa II

O soldado recolhe os dois fragmentos de chumbo ainda mornos que caíram aos seus pés e os coloca no bolso da farda, por via das dúvidas. Faz um calor no peito, perto do coração dele, que o agrada. Sim, é quase por milagre que ninguém foi atingido: graças a Deus!

— Cabo, traz o outro bandido — ordena o subtenente. Aquilo era para ser feito pelo soldado mais baixo na hierarquia entre eles, pensa o cabo, se é que pensa, mas o subtenente já tinha se afeiçoado ao outro, se vê, e o protegia do serviço pesado. O cabo não gosta de pensar na cor da pele dos envolvidos, mas não ia ser ele a discutir uma ordem naquela altura. Obedece prontamente. Torna a abrir a porta da garagem, sair para o jardim ensolarado e passar pelo aquário da sala, onde os proprietários e convidados reunidos deliberam entre eles a sua solução final, mas veem com clareza quando o cabo se aproxima dos dois soldados que vigiam o bandido manietado e amordaçado perto da piscina, veem que se perfilam e conversam os três, e que os dois soldados se abaixam e arrastam o criminoso, pelas algemas, até desaparecerem por trás das árvores, em direção à sala de tortura, isto é, para a garagem ocupada pelas forças da lei e pelos demais suspeitos. O cabo fecha o cortejo macabro, marchando, a bem dizer. O corpo do bandido bate e rala pelo caminho e desaparece, engolido pela porta da masmorra que se fecha como a boca de um cão danado, raivoso, gigantesco.

— Senhores, aqui está — do lado de dentro, os soldados carregadores soltam no chão o corpo do terceiro estropiado entre eles: — Ponho numa cadeira? — Ninguém responde ao soldado, o primeiro deles, mais voluntarioso e solícito que todos. O assaltante invasor fica onde está, se contorcendo de dores e indignação diante do pastor e do filho da empregada, o ex-traficante que, aterrorizado com aquela presença, é notável, evita olhar na direção do ex-colega de cadeia...

Fodeu — pensa, se é que já pensa na sua condicional e na possibilidade de ser reencarcerado: quanto tempo? Dez, doze anos? Vai se virar como dessa vez?

— Parece que ele quer falar alguma coisa... — o tenente indica o criminoso no chão, e, antes que o cabo possa se mover, é o tal soldado que se abaixa e remove da boca do bandido o guardanapo egípcio que lhe serve de mordaça. O bandido tinhoso respira, rosna, olha profundamente no rosto de cada um deles, homens da lei, e despacha:

— Fodam-se todos vocês!

Ele escarnece naquele instante, mas é calado de imediato, com um chute no baixo-ventre e socos no baço (do subtenente e do soldado), além da mordaça, que lhe é recolocada até o fundo da garganta. O criminoso está morrendo engasgado na frente dos outros, mas ninguém desamarrado se aproxima para ajudar. Depois de um bom sofrimento, é o cabo que se aproxima e o alivia um tanto:

— É a sua última chance de explicar o que aconteceu...

A bem da verdade, os três suspeitos torturados estão combalidos demais para esboçar qualquer reação, e até para confessar, se quisessem, eles teriam dificuldades, tantos dentes faltantes e cortes na língua eles apresentam nesta ocasião. Acontece também que ninguém quer se comprometer para sempre, confessando suas culpas diante daquele tribunal de excessos... Estão todos condenados, à sua maneira.

— O Senhor é o meu pastor, meu refúgio e minha habitação. Mil cairão ao meu lado, e dez mil à minha direita, mas eu mesmo não serei atingido — balbucia o religioso, em êxtase, a bem dizer, para desgosto dos investigadores.

— Hoje é domingo, eu não vou em missa, mas estou bem cansado de tudo isso, senhores... vocês não?

Quem vê a cena pensa que o superior hierárquico é o subtenente, pois é ele quem fala nesses termos, altiva e benevolentemente... Mas este efeito é só um disfarce de lobo em pele de cordeiro, pois em seguida ele tira um revólver 38 israelense de um coldre acima do coturno e o exibe para os presentes.

— Já que não temos lazer, nós vamos brincar aqui mesmo, com este brinquedo — indica a arma. É antiga, dos anos 1960, mas confiável e bem cuidada (limpa e lubrificada toda semana). O subtenente gira o tambor e mostra entre os dedos uma bala. Os demais homens da lei recuam, temendo por suas fardas e pela vida. O subtenente gira e gira o tambor na frente dos suspeitos, aflitos, talvez, mas não se pode ver em meio a tantos hematomas, fraturas e escoriações. O subtenente carrega a bala no tambor do revólver e gira mais uma vez.

— Eu não queria cometer uma injustiça, vocês entendem? — É uma pergunta enigmática e sombria, e o filho da empregada se urina, em resposta.

— Tá com medo de quê? — pergunta-lhe o soldado, e ele mesmo responde na sequência: — Se não tem nada a temer...

— Primeiro você — o subtenente engatilha a arma, agarra pelos cabelos o bandido que está no chão, espera um momento em que não acontece nada e dispara na sua têmpora.

(...)

Os policiais têm curtos espasmos incontroláveis. O assaltante mais velho, o invasor, ele pisca com o clique seco. E renasce. Ri, amordaçado: sobrevivi.

— Agora é sua vez — o subtenente se põe às costas do pastor (alheio), encosta-lhe o revólver na nuca, torna a engatilhar: — Vai me dizer? Foi você, não foi?

Mas, antes que dispare, um grito o interrompe:

— Não! Não foi ele...

84. Confissão de bacana

Nasci no melhor lugar do mundo para gente do meu tipo. Foi na hora certa. De pais perfeitos. Sou exclusivo, como sempre. Fui criado com brinquedos inteligentes, tratei dos dentes e dos cabelos com unguentos e cremes importados, nadei em piscinas olímpicas, viajei de classe executiva, esquiei na neve da Cordilheira, matei animais em extinção no subcontinente africano, leões-marinhos no Alasca, visitei as muralhas da China, escalei as montanhas do Himalaia e dormi nas melhores suítes de Paris (Hilton, Ritz, Mandarin Oriental, Sofitel...). Estudei em boas escolas da Suíça para passar de ano sem dores de cabeça e paguei pela boceta de todas as mulheres fáceis que eventualmente não me queriam, mas queriam um tanto do que eu tinha, tenho... Tive, tenho muito. De tudo. Não posso fazer nada. Não tenho culpa, nem desculpa para a minha condição financeira. Sonegar, todos sonegamos. Tive o que temos desde as capitanias hereditárias, graças a Deus e aos contatos da família entre a nobreza... Índios, pobres e negros mesmo eu só quero ver no céu, limpos e branqueados como anjos barrocos da igreja católica apostólica romana, no meu caso. Admito a liberdade religiosa. E a pena de morte para os ateus e criminosos revolucionários que forem contra nós. Nem só de caviar vive o homem, mas ajuda no tédio de beber o espumante importado de todo dia. Para mim, está tudo muito bem, aliás. Aliás, sei que não sou bom o suficiente, mas hei de ser reconhecido pelo mal que deixei de fazer. Muitos de nós não chegam a isso por si próprios. Conto com a sua compreensão.

85. Sistema financeiro

O tal jovem franzino, traficante, colaborador do crime organizado, ele planeja deixar o negócio arriscado em que atua ao sair da cadeia, mas ainda tem uma dívida em dinheiro significativa com os seus antigos investidores, das drogas que perdeu para a polícia ao ser preso. É um pé de chinelo e seu plano mais importante consiste, naquele momento, em sobreviver a essas dívidas e, dentro do possível, arranjar um emprego com carteira assinada ao ganhar a liberdade, em regime de condicional. O bandido mais velho, mais experiente (e mais frustrado), com uma reputação criminosa a zelar entre meliantes de peso, ele também quer ganhar a liberdade, mas não cogita mudar de ramo. Notando a passagem do tempo e a aproximação da aposentaria que almeja, busca o grande golpe de sua carreira. Pensando bem, o jovem franzino, o ex-traficante, se é que pensa, a única coisa que ele tem para vender é aquela informação que levantou quando fez bicos na reforma da casa onde a mãe dele trabalha (desde sempre, como escrava), das conversas que teve com o mestre de obras e o engenheiro contratado, e a mala de dinheiro que certa vez a mãe lhe disse que viu aberta diante do patrão, na escrivaninha de mogno (colombiano) da biblioteca. Ele decide vender isso que tem e, para realizar esse objetivo, promove (com consentimento da facção que opera naquele presídio) um leilão numa cela abandonada, transformada em pregão, de repente...

Dou-lhe uma...

A moeda corrente entre eles são maços e pacotes de cigarro, é sabido. Para comprar os detalhes da operação, o bandido mais velho recorreu ao crédito de sua facção do crime organizado. A mesma que controla o presídio e que adiantara (em regime de consignação) a compra da droga que o ex-traficante, o jovem franzino, perdeu na rua.

Dou-lhe duas...

De acordo com a solicitação, a facção do crime organizado realiza a compra em dinheiro de pacotes de cigarro. Os pacotes são levados em segredo para dentro da cadeia com o auxílio de funcionários contratados informalmente (suborno). Ali, eles passam para a mão do bandido (10% ficam na carceragem, como pedágio). É na confiança e na promessa de que pagará ou morrerá, e aí sim ele pode oferecer o melhor lance pelo plano de assalto grandioso que pretende fazer, com a ajuda de um amigo mais jovem, com "habilidades especiais" de convencimento.

Douuu-lhe três! Vendido para o cavalheiro ali...

O traficante, ou ex-traficante, que seja, salda com os pacotes de cigarro as suas dívidas com o crime organizado. A facção financiadora reconverte os pacotes de cigarro em dinheiro, e volta a operar no mercado livre, para novos investimentos lícitos ou ilícitos. Conclusão: o dinheiro que comprou a mercadoria no atacado é o mesmo que o outro recebe por empréstimo, e ainda fica devendo um tanto a mais, claro, já que há juros de cartão de crédito cobrados entre eles, também, com o que se municia o caixa da facção criminosa em questão de mais e novos recursos, melhorando seu giro financeiro, garantindo um fluxo de capitais constante e a prosperidade dos empreendimentos a que se dedicam.

86. Luta de classes II

Dessa vez é a mulher do chefe, a esposa do patrão, a dona da casa em pessoa quem comanda o interrogatório. Escoltada pela filha, pelo genro e pelo próprio marido (os convidados — em especial a antropóloga — preferem ficar à distância daquilo), ela se dirige à velha empregada com lágrimas nos olhos (e os punhos cerrados):

— Não esperava isso de você...

A sala fechada em vidros Blindex está sendo agredida pelos duros e cortantes reflexos da piscina, que atrapalham as vistas, e logo fica quente para quem chega, mas aqueles brancos não suam frio como a mulher que foi trazida do banheiro para a sala e agora está sentada (a contragosto) numa poltrona de camurça importada (origem desconhecida). Os demais (exceto os convidados) permanecem em pé, à sua volta, para sua vergonha e martírio.

— O meu menino é uma besta, senhora, eu devo ter dito antes até, e asseguro ainda hoje, acima de tudo — desculpa-se a velha empregada, cozinheira, "ex-porteira", que seja, com a certeza de quem conhece a cria que teve e na ilusão de que será perdoada (quem sabe o filho também!) por ser mais do que necessária na manutenção e operação da casa-grande: — O pai desse menino só não me faltou como homem, naquele dia, senhoras e senhores... Isso eu nunca disse a ninguém, assim, abertamente.

— Uma decepção muito grande, sem dúvida! — confirma a posição da mulher, da futura sogra, o namorado de sua filha, o estudante de Direito de família rentista tradicional nos tribunais e famosa nos cartórios hereditários (nem sempre por motivo nobre), ouvido ali pela família de proprietários como se fosse ele mesmo parte de sua herança: afinal, o filho dela era um traficante experiente, com passagens por penitenciárias do sistema estadual que, sabia-se, vendia drogas ilícitas e, pelo visto, já confessado, também comercializava em leilões espúrios as intimidades alheias, violando fragorosamente seu regime de condicional, associando-se à prática de novos e piores crimes, de invasões a domicílios, de estupros imperdoáveis! Ele tinha espionado os segredos daquela família, tirado conclusões precipitadas sobre o modo de vida deles, e vendido essas suposições, calúnias e difamações entre marginais, servindo-se para isso dos acessos que a mãe, ela mesma — funcionária antiga e de confiança — tinha, para vir aqui e...

— Ele se regenerou, eu achava... — a empregada reage sem a menor convicção, quase triste, defendendo muito mal a inocência, a eventual ingenuidade ou burrice que fosse do filho, lastima sua ausência como mãe, o papel de pai a que faltou da mesma maneira, porque trabalhava deste lado da cidade, a condução é ruim, ela dormia muito no serviço e a consequente falta de aconchego, de uma base de caráter para o pobre menino se espelhar em casa, um bom exemplo por onde se conduzir, um almoço de domingo...

— Você teve algo a ver com isso, mãinha? — pergunta indignada a mulher-feita já, a menina, a pequena, a filha da proprietária criada pela velha, ex-babá, mas que, neste momento, deixa de vê-la como a mãe preta que a acudia nas fraldas e mamadeiras ainda ontem.

— Não, minha filha! É ele quem não tem um pingo de juízo na cabeça... Talvez até algum problema... — a velha empregada se defende da cumplicidade, e tenta salvar o filho ao mesmo tempo, como se espera de uma mãe, mas ela não convence por inteiro os inquisidores.

— Depois de tudo o que fizeram pela senhora, dona...! — exclama lá de longe, desde o sofá maior, de quatorze, vinte lugares, o atual ex-escritor contemporâneo, assessor convidado, contratado, talvez, sem lembrar o nome da funcionária alheia, e logo a sua esposa lhe dá uma cotovelada, curta e invisível para os outros, mas certeira e dolorosíssima para o marido, que se dobra e se cala: não te meta, lambe-botas!

— Verdade! — ecoa o proprietário, escritor promissor no passado ele mesmo, o chefe da casa, o arrimo da família que se mantinha em silêncio até então, abalado ainda, por certo, sem dar ouvidos às confissões e explicações da mulher velha (a quem ele, como os demais, ouviu poucas vezes, de fato), mas ele também está no papel do homem traído por ela, a negra da cozinha, os sentimentos contraditórios que aquela velha inspira, nesta cena típica de filme policial de caráter sociológico, antropológico, racista: — Lhe garantimos este emprego desde a infância, a sensação de que nada mudaria entre nós, o que é verdade até o momento, e que portanto seria para sempre a nossa contratada, a velha empregada da vovó, da mamãe, e talvez passasse a ser até mesmo a velha empregada da nossa filha única, a mais querida, e de seu futuro esposo, um neto, um dia, quem sabe, mas à luz soturna desses acontecimentos... Do que nós vivemos nesta casa, hoje, ontem, do que eu mesmo sofri na carne, meu Deus! O que fazer, eu lhe pergunto... O que fazer?

— Posso fazer mais um café, bem forte, o senhor aceita?

87. Pregação

Uma mala de dinheiro é uma mala de desejos, é uma mala de dejetos, é uma mala de direitos. A mala de dinheiro elimina rugas do rosto, cura o câncer do tempo, fecha o corpo dos danados e as portas das cadeias. A mala de dinheiro compra o pão amassado pelo diabo e garante o orgasmo em mil e uma noites de orgia. A mala de dinheiro compraria a alforria de muitos negros, mas a mala de dinheiro é racista, para todos os efeitos. A mala de dinheiro transforma um homem pobre num homem podre e vagabundas em senhoras de respeito. A mala de dinheiro fará estátuas de sal dos agentes do fisco que ousarem olhar para as suas partes íntimas. Por onde passa, a mala de dinheiro deixa o ar de sua graça, ou desgraça, pois para cada mala de dinheiro há milhões de carteiras vazias nas casas de famílias brasileiras. Deus Pai ou Jesus Cristo dariam as suas caras para ver o que fizeram por uma mala de dinheiro?

Em tempo: a espessura de uma nota de dinheiro é, em média, 0,10 milímetro.

A mala de dinheiro nos livrará de todo mal. Amém.

88. Outra reunião de família

Em vez de se dirigir para a cozinha, no entanto, a velha empregada, como se fosse ela a proprietária, se ergue do sofá de camurça de origem desconhecida, abre e sai da sala pela porta de vidro Blindex, a porta de gala por onde entram os convidados e autoridades naquela casa-grande. Ganha a calçada de pedras portuguesas. Sai com a resolução de quem vai se jogar na piscina, se pensa, se é que se pensa nesse dia. É domingo. Faz um sol radioso e cheio de vida que definitivamente não traduz o que se passa no coração de todos eles. A velha senhora não quer se banhar. Tem algo a dizer, a fazer, não está claro. Cruza o jardim bem-feito com os muitos cuidados que ela tem, mas vê que aqui e ali ele já apresenta as marcas dos pneus dos carros de polícia que se afundaram no terreno ao se alojarem entre as sombras das árvores: judiação... Ela para atrás de uma das viaturas, em cujo chiqueiro seu filho tornou a ser guardado para ser enviado ao distrito, num primeiro momento, para registro (fichamento e espancamento), e depois a uma penitenciária em outro estado, para o cumprimento da pena (certa, severa, extensa). A velha empregada ordena ao cabo que lhe abra a porta. O cabo, como se obedecesse ao comando de um tenente, ou do próprio secretário de Segurança, ele logo executa o pedido, a ordem, e faz o que a mulher deseja. O cheiro do ambiente torna a se contaminar com rastros de morte e exílio das carcaças que o interior do veículo exala. A mãe está cara a cara com o marginal, o rapaz, seu filho algemado e torturado. Toma impulso e dá um tapa de mão aberta (velha, mas dura) na cara do menino:

— Não falei pra tu não te sujar de novo, seu burro?

E só então, sem esperar qualquer resposta, ela se retira para os fundos da casa: Tenho mais o que fazer.

89. Declaração extraoficial

Para o secretário de Segurança, não há qualquer contradição no fato de que as forças policiais ainda gastem mais dinheiro, dediquem mais pessoal e equipamentos no controle, vigilância e análises estratégicas sobre o comportamento dos cidadãos locais — em especial o dos assim chamados "amigos do atual regime" — do que sobre os estrangeiros e inimigos declarados do Estado. Segundo a autoridade: são sempre os mais próximos e íntimos os que conhecem nossos piores segredos e pontos mais vulneráveis.

90. O homem e sua obra II

O casal pastor e diarista é conduzido residência adentro, e com suavidade, pelo casal de proprietários. Como se as visitas fossem eles, e não o outro grupo, o distinto (a antropóloga, o escritor contemporâneo, a estudante de Veterinária em universidade estadual e o de Direito de família tradicional), que os observa com visível surpresa, sentado no grande sofá da sala, saboreando café (colombiano) fresco. Os primeiros quatro desaparecem debaixo da escada, pela porta do escritório/biblioteca.

— Sentem-se, por gentileza... — a proprietária indica um par de cadeiras especiais. A diarista mesmo nunca tinha ouvido esta palavra, "gentileza", e o seu marido nunca tinha visto tantos livros:

— Leu todos?

— A maioria... — mente o proprietário mais uma vez, a respeito de sua constituição intelectual e física.

O pastor também tem dificuldades para falar. Está com fraturas no maxilar e no braço direito, meio surdo, dada a proximidade do seu ouvido com o disparo da arma de fogo na garagem, além dos hematomas e escoriações que traz desde sua captura no templo inacabado. Apesar de seus lamentáveis e profundos sofrimentos físicos, intelectuais e psicológicos, ele também, o assessor político, o chefe da família, é quem conduz as negociações. Sim, "negociações", porque o dono da casa (e sua mulher, associada), eles têm uma proposta a fazer aos outros:

— Nós evidentemente lamentamos muitíssimo o ocorrido nesta longa noite de martírios para todos. Somos, nós e vocês, as maiores vítimas das violências horrorosas que se processaram nesta casa de família. A casa de uma família é inviolável entre nós e entre vocês também, apesar do que possa ocorrer quando se percorrem os tortuosos caminhos de uma investigação, quando é muito comum, no calor desse trabalho policial, que excessos e erros humanos sejam cometidos contra alguns, mais fracos, ou inocentes para se defender...

O pastor está ausente, em conexão direta com o divino, ou o próprio espírito, quem sabe, mas a diarista, com o seu "Ph.D em coisas daquela vida", ela percebe logo a sutileza humilhante do que se trama contra eles, essa espécie de chantagem (ela sente o cheiro do sangue derramado pelo marido em suplício, e do dinheiro do patrão), e se intromete a falar pelos dois:

— Meu esposo foi torturado desde o início, acusado sem provas e sem direito de defesa dessa indecência que fizeram com o senhor. Justo ele, um homem santo que dedica todo seu, nosso tempo (e dinheiro), na edificação de uma igreja do evangelho de Cristo num bairro de ateus, velhos parasitas e meninos perdidos para o crime... Olhem para ele, eu peço! Olhem para o que fizeram!

A diarista pega o queixo do pastor e o ergue, exibindo.

— Nós, não! — protesta a dona da casa, que não pode nem com injeção; ela desvia os olhos dos inchaços daquele rosto, dos cortes e perfurações que estampam a figura deformada, sentada toda torta na cadeira palito (brasileira/jacarandá) do escritório:

— Não é a própria cara da opressão contra os naturais inocentes, os pobres, os indígenas, os negros e estrangeiros imigrantes, senhoras e senhores?! — insiste a empregada, causando efeito.

— Sim, mas... — o proprietário não tem como negar o corpo de delito que balbucia (uma oração?) à sua frente.

— Nós vamos querer justiça com a injustiça que nos fizeram aqui — anuncia a diarista, ela sim, inspirada, em pregação pelo que é direito. O certo, no entanto, não é o que vai prevalecer naquela noite, nesse dia de domingo ensolarado. A diarista tem segundas intenções, ela também, mas é a patroa quem fala:

— Não podemos voltar no tempo, infelizmente, mas talvez tenhamos como remediar o que pode ter sido um desconforto maior...

O marido, o chefe da casa, se percebe, fica furioso com o princípio que a esposa estabelece. Bufa. Quer matá-la! Combinaram que vão oferecer qualquer coisa, trata-se mesmo de uma espécie de suborno (artigo 333), um "cala-boca", mas ele não quer oferecer demais. Apenas o que lhe parecer correto:

— Nós estamos dispostos a fazer vocês esquecerem os traumas que tiveram... Nós também queremos esquecer.

A diarista prossegue na sua argumentação:

— Nesse caso, seria não apenas certo, mas de extrema caridade social, que a obra do meu esposo se realizasse definitivamente.

O que ela quer dizer com isso?! — questiona e exclama em silêncio a esposa, pensando nos prejuízos à dona da casa, ela que vê sempre o pior nos outros, a venalidade natural do ser humano, como o caso da diarista, agora. Ela tem razão, mas não basta refletir nessas circunstâncias.

— São necessários pequenos recursos, na verdade... A obra já está bem adiantada — mente por sua vez a diarista, de posse senão de razão, de bastante esperteza para defender o interesse seu e do marido, empreendedor religioso, dentro da oportunidade que se apresenta. — Somos gente simples, senhora, senhor: nada mais que um salão de orações, duas dúzias de bancos de madeira com encosto, um aparelho de som para as pregações, um púlpito de acrílico, luzes coloridas, um telão com imagens de Jerusalém, acabamento de massa corrida, pintura de citações dos apóstolos nas paredes e alguns milhares de bíblias encadernadas (apenas o Novo Testamento) para dar de presente...

— Vocês devem estar loucos! — intercede a proprietária, sócia na partilha do casamento, preocupada com o seu futuro e de sua filha: — É uma fortuna!

Tempo.

(...)

Todos estão preocupados com o futuro, a bem dizer: a diarista vê ali um destino melhor (para ela e o marido) do que vender o almoço para comprar o jantar, como faz todo dia, enquanto o marido da proprietária, que controla de fato o fluxo de dinheiro da casa e sabe muito bem o que tem a perder, ele faz os cálculos mentais: término de alvenaria, equipamentos, marcenaria... Do passado, ele ainda se lembra da construção da casa-grande; do futuro, ele imagina as porcentagens tomadas das obras que se farão com dinheiro público, no futuro governo do seu candidato. Pensa que ainda tem muito a ganhar, enquanto aquele casal de negros combalidos não tem nada a perder, e assim, para espanto de sua sócia e esposa, ele aceita. Aceita pagar a finalização do templo do pastor, que parecia naufragar, não fosse aquele milagre...

— Sim, é milagre! — reage o pastor, depois de muito tempo ensimesmado, falando sozinho, com Deus, que seja... E assim, como visto, não sem grandes sofrimentos e provações (como acontece nas histórias de milagres), o pastor por fim vai realizar o seu maior sonho, desejo, que seja... Amém.

91. Não declaração oficial

Não. Em reunião que jamais ocorreu em nenhum escritório político da capital federal, não foram convidados os maiores incorporadores e rentistas do mercado imobiliário e ali não ouviram da boca do próprio candidato à Presidência da República quais as cidades em que não ocorrerão operações urbanas significativas, nem os grotões do interior onde não serão realizados investimentos de infraestrutura e projetos agropecuários e de mineração pelo futuro governo, para que estes empreendedores nacionais e estrangeiros não se adiantem e não adquiram a preços baixos todos os terrenos e concessões que puderem (nunca indicados num mapa do país que não foi aberto sobre a mesa por um assessor político), para depois revendê-los sob a forma de loteamentos, casas prontas, apartamentos, áreas de prospecção ou latifúndios valorizados pelas informações e benefícios indiretos dos quais nunca souberam e muito menos aconteceu que o assessor político tenha sugerido que se cobrasse um percentual de 25% como taxa de agenciamento, ou colaboração em dinheiro vivo para a campanha do referido candidato, por parte daqueles supostamente agraciados por essa desinformação, e ponto final. Porque nada disso aconteceu de fato e o referido candidato nem sabe se vai mesmo vencer a próxima eleição... Talvez... Mas conto com os seus votos. Se for o caso. Muito obrigado.

92. Cenário e dinâmica de líquidos

O sangue parte do tapete turco enrolado na calçada de pedras portuguesas. Pela inclinação do terreno, é do lado da cabeça do estuprador, da qual, emplastrado em sangue, se vê um tufo de cabelo. Mas só quem se abaixar rente ao chão, com vontade de enxergar. Ninguém faz isso pelo morto. O vaivém das investigações, investigadores, vítimas e investigados, passa ao largo e o par de soldados que ali se encontra em vigília pensam, se é que pensam: por que caralho vigiar um morto?

Alheia aos fatos e pensamentos dos soldados, a mancha de sangue se avoluma com o tempo e vai escorrendo por 1, 2, 3 metros de calçada, em seguida derivando sorumbática pelo cimento, se encaminhando para o deque da piscina. Antes que atinja o trançado de madeira naval (argentina), um dos soldados coloca a ponta do coturno no líquido, rompendo sua coerência, desviando-o tortuosamente pelas pedras aqui e ali mais ressaltadas. A mancha de sangue ganha corpo e velocidade de novo, enquanto vai descendo para a rua, querendo alcançar a sarjeta do bairro sofisticado. E o mesmo soldado, incomodado com o estrago e a evidência obscena daquilo, quem sabe, ele dá um passo e torna a tocar com a ponta da bota a onda de gosma espessa, mudando-lhe o sentido outra vez. O resultado dura pouco e o sangue volta a lhe escapar do controle, a se encaminhar para a piscina. É necessário que o soldado faça esse serviço várias vezes, descendo a ladeira aos toques e contratoques como se estivesse num treino de futebol, colorindo de vermelho-escuro o passeio por onde sobem carros importados, subiram as duas viaturas que trouxeram os suspeitos, dispersando e orientando o sangue derramado do tapete turco perdido, até que ele parece conseguir o que deseja: desviar o corrimento na direção da grama do jardim, das plantas bem tosadas (mais além o cachorro estendido sob o lençol), então o sangue drenado do cadáver, mantendo sua consistência pastosa, se debruça para o terreno, mais baixo do que a calçada. Penetra lentamente a terra porosa. Desce até parar e secar, nas profundezas. Deixa marcas, mas vão desparecer na primeira chuva.

93. Na frente de estranhos

O vidro blindado é transparente e expõe à observação de estranhos o casal de convidados e as novas gerações de proprietários que ali se encontram no momento: a filha quase veterinária do dono da casa e seu marido tradicionalmente rico. Par diante de par, eles estão sentados no sofá maior, em "L", colocado ali para garantir o melhor e mais amplo ponto de vista do terreno em declive: aqui o jardim e a calçada de pedras portuguesas, mais além a piscina e o deque de madeira naval argentina. Do outro lado disso, dá para ver aquele gigantesco peixe morto enrolado no tapete turco. É um aquário, o mundo, ele também. O banho de sangue que se alastra na calçada portuguesa. O soldado pisando naquilo com seu coturno chinês.

Arre! Que porra! — deixa de lado seu café colombiano a convidada brasileira, a antropóloga e assassina, ela não consegue se conter com o que fez, ou não fez, não sabe o que dizer de como agiu. Não consegue ficar sentada. Frita no ar viciado de prosperidades que contamina a sala, o terreno, a propriedade inteira...

Agi contra a minha natureza — ela pensa, ou acha. E, mais do que lamenta, sente culpa. Uma culpa que deveria ser espiada, ela sente. E se ressente de uma falta danada de restabelecer qualquer coisa que nela se perdeu, que se perdeu do que ela era, é, seria... Não sabe, outra vez. A noção de sua coerência. O gosto pelo desafio. Pelo diferente. Pelo exótico... Isso ia ficando para trás, no retrovisor de uma viatura que partia em altíssima velocidade, se dirigia para a escuridão... E de repente era todo um empreendimento deles (teses, casa própria, na praia, sítio orgânico, filhos, galinhas, carro a cada cinco anos — tudo conquistado com honestidade), um projeto de futuro mesmo que parecia estar comprometido... Desmoronando.

— Eu vou confessar! Eu preciso! — explode a antropóloga convidada, de origem católica apostólica romana, num acesso de sincericídio.

— Nem seja louca! — ameaça se erguer num impulso de sobrevivência o namorado da filha do proprietário, o rico estudante de Direito, ele que, como é sabido, conhece as consequências de uma atitude correta, mas destemperada e arriscada desse tipo no sistema judiciário local. Com o ímpeto, ele derruba uma xícara de café e pires, atraindo a atenção de todos com o barulho. A namorada, a sua futura mulher e sócia, no entanto, ela o segura pelo braço:

— Calma, querido, silêncio...

A jovem é inexperiente, mas entende que se trata de um problema exclusivo daquele marido e mulher. Porém, logo em seguida e sem esconder do namorado, a futura veterinária lança um olhar inquisitivo para o convidado, o escritor promissor quase contratado pela futura campanha presidencial, esperando que ele contenha os incêndios em sua própria família: nós já temos muitos problemas por aqui, você não acha? A jovem não diz uma coisa dessas, mas está escrito na sua testa, e nos gestos e trejeitos estranhos que dirige para o convidado enquanto recolhe cacos de cerâmica inglesa, como a gritar uma ordem do comando: faça qualquer coisa com ela! É a sua fêmea, seu merda!

O escritor contemporâneo ainda não sabe que todo o rancor, desespero e ressentimento de sua mulher se voltarão contra ele. Talvez não de uma vez. Talvez não agora, mas...:

— Querida...

— Não me chame de querida, porra! Eu odeio quando você me chama desse jeito!

É preciso ter paciência, e ser ardiloso com os argumentos. Ele ainda é um escritor promissor, por pouco tempo conservará esses seus talentos, mas...

— Amor, entenda, pelo amor de Deus: não bastam as boas intenções entre nós, essa selvageria. Você pode querer fazer justiça ao se acusar, mas não adiantaria, por certo, já que seria enredada numa trama kafkiana de interrogatórios, perícias e acareações, entrando e saindo de distritos suburbanos e casas de detenção em outros estados até poder provar que foi, na verdade, uma heroína, nesta noite, uma guerreira, como eu e você, eles, todos nós sabemos!

A esposa admira a capacidade de argumentação do marido escritor, é claro, foi o que a levou a se sentir atraída por aquele homem ainda brilhante e ousado, numa palestra na periferia... Isso ressurge com intensidade agora, num flash de memória e de emoção. Excita e confunde:

— Não sei...

— Eu é que sei, mulher: serão condenações em redes sociais, a demissão do emprego público, humilhação total entre os amigos e inimigos. E pra quê, eu pergunto?

A sua esposa não tem resposta. Só a culpa mesmo. E cada vez mais difusa, a bem dizer: — Não adianta, você será considerada suspeita para sempre aos olhos de quem não conhece a sua história e possa lhe perdoar de verdade: o Altíssimo, quem sabe?

— Exatamente! O melhor diante deste fato é não fazer nada — quem interrompe a conversa incômoda e advoga negacionismo desta feita é a jovem herdeira rica, estudante de Veterinária com os seus próprios planos e recursos, ao lado do namorado tradicional: — Cada povo conhece a justiça e a polícia que tem, ou merece, querida!

Vence a turma do deixa-disso, em maioria.

94. Tese de Antropologia

(Ref.: política/jeitinho — trecho retirado por ser considerado de pouco rigor científico.) "Quando um povo é célebre por sua capacidade de improvisar soluções utilizando apenas os (parcos) recursos naturais à sua disposição; quando enfrenta de maneira impulsiva (errática) as situações problemáticas que lhe apresenta a História, adotando como regras não as técnicas e protocolos consagrados previamente, mas aquilo que lhes dita a intuição, a crendice, o sentimento... Bem, senhoras e senhores orientadores: esse povo pode até ser reconhecido por sua espirituosidade e engenho, é lógico, mas também o será por sua miséria civilizatória, sua decadência cultural, psicológica, moral... Uma porta aberta para o caos dos elementos. Terra de ninguém para aventureiros e capitães do mato. Um cancro para a humanidade."

95. Cena de passagem

Por incrível que pareça, neste meio ambiente cristalizado de obediências e certezas, a diarista sai do escritório/biblioteca da casa modernista e, dedo em riste, como fosse ela a proprietária da casa e a menina (a herdeira) fosse apenas a sua empregada, ela ordena de passagem:

— Chama um táxi pra mim, querida, e pra ele também... a diarista indica às suas costas o companheiro, religioso de sonho realizado, ele, o pastor do Evangelho do Sofrimento (nome da futura igreja): — Vou pegar a minha bolsa...

E sai cheia de empáfia a funcionária sem contrato (segue-a balbuciando o marido). A jovem estudante de Veterinária, rica e criada com independência, sentindo um tanto por seu cão e por seu pai, ela não tem o hábito de obedecer a ordens desde que se conhece por gente, ainda menos agora, comandadas por uma empregada da cor daquela, uma vagabunda avulsa, a tal da diarista que ela até via por ali, mas mal reconhecia. A herdeira da casa-grande, é lógico, ela se insurge contra essa desorganização dos seus interesses:

— Quem essa puta pensa que...

Nesse exato instante, no entanto, antes que pudesse manifestar sua indignação de classe, é o seu pai, o chefe da família, que lhe ordena calar a boca e fazer o que a outra manda:

— Agora. E deixe paga a corrida. Use o meu cartão de crédito *black*.

96. Faxina (3ª parte)

Missão cumprida? Não por inteiro, como se verá logo mais, porém, como a situação foi esclarecida nos seus pontos principais, a trama dos fatos estabelecida com os culpados devidamente torturados, os inocentes isentados da culpa quanto àquilo: os homens da lei se preparam para deixar a propriedade, carregando os vestígios visíveis da ocorrência.

— Cabo! — o tenente manda o cabo, que manda um soldado, convocar um rabecão (serviço público) para carregar o tapete turco e seu conteúdo abominável. Uma ambulância é chamada pela proprietária (serviço privado), para testes de saúde (sigilosos, por favor) do marido. Ninguém da casa-grande ousa se aproximar do cão coberto com lençol no jardim ainda: se aproximaram pouco do animal em vida, de todo modo, e agora também têm que atravessar a dantesca área da piscina, de sangue pisado, no meio dos policiais e do cadáver de bandido...

— Eu não vou lá agora. O que é meu eu visito na cadeia, se puder, se estiver inteiro, se der tempo... — a velha empregada se escondeu nos fundos da casa, rezando e pensando (se é possível...), imaginando o pior, queimando as palmas das mãos numa xícara de café fervendo que vai esfriando, esfriando e ela não aparece no jardim para se despedir do filho quando a viatura que o leva no chiqueirinho desce de marcha a ré casa afora.

— Bom descanso, tenente! — batem continências uns para os outros as três equipes deslocadas para lidar com os acontecimentos.

— Invasão de domicílio, assalto à mão armada, estupro e crueldade contra animais, entre outros crimes, QSL? — parte a primeira viatura para mais um fichamento e subsequente espancamento do cúmplice, do jovem negro, o ex-traficante, hoje reincidente, que segue rumo a um novo, longo, tedioso e embrutecedor período no sistema penitenciário deles. Agora é o subtenente quem assume em definitivo a liderança da ocorrência.

— Cabo, leva o outro fodido... — o cabo poderia mandar os soldados das duas equipes que ficaram fazer isso, ele sabe, e deveria, a bem da hierarquia militar, mas não quer irritar a cadeia de comando ali presente e acaba, desgostoso, obedecendo a ordem ele mesmo. Só pede a ajuda do parceiro ao agarrar o bandido manietado e amordaçado, que, apesar dessas circunstâncias inibidoras, se põe agitado, contorcendo o corpo e franzindo o rosto, em violentos espasmos, como se tivesse algo de extrema urgência a dizer... E agora? — para o bandido invasor era, sim, uma questão de vida ou morte, e tão veementes os seus gestos e rosnados que o cabo se volta para o subtenente, esperando por uma ordem maior que o comandasse em qualquer direção. O subtenente se aproxima do bandido, que o cabo e o soldado deixam cair. A cabeça do bandido faz um barulho oco ao bater no chão, mas ele não liga, e segue na sua agitação desenfreada, exigindo comunicação com os policiais.

— Destampa a boca dele, vai... — o cabo olha com rigor para o soldado, que só então se abaixa e arranca o guardanapo de mil linhas de linho egípcio que estava atochado dentro da boca do assaltante.

— Saco... — e foi como abrir a boca do próprio inferno, pois o bandido se põe de imediato a falar e a xingar, a constranger e ameaçar como se nunca tivesse parado de fazer isso, como se fosse uma reza que balbuciasse dentro dele enquanto esteve amordaçado e agora ganhava a liberdade de gritar o seu conteúdo.

— Eu sei quem são vocês, meganhas do caralho! Eu gravei o nome e a patente de cada um! Dos batalhões na puta que me pariu de onde vieram, eu sei o endereço. E o seu endereço de casa será descoberto em pouco tempo. Eu vou passar esses dados todos aos meus amigos, seus inimigos eles também, covardes de merda... Vou contar o que aconteceu aqui e já aconteceu com muitos deles. Eles vão se identificar comigo. E agir no coletivo. A organização somos todos nós. Nenhum de vocês terá escapatória. Na melhor das hipóteses, a menos dolorosa e que eu não desejo, vocês vão ser fuzilados na porta de suas casas pequenas e apertadas, na frente de suas mulheres encruadas e de seus filhinhos da puta atrasados, sem educação...

Do subtenente ao soldado raso, toda a hierarquia militar nesse momento fica abalada com a veemência e as reais possibilidades dessas ameaças: eles conhecem a crônica de polícia e sabem que não são poucos os eventos catastróficos envolvendo homens da lei, com destaque para torturas abomináveis e justiçamento sumário cometidos pelo crime organizado. Estão com raiva. Com medo. Paralisados. Os palavrões e impropérios atraíram até a porta da sala da casa-grande a família de proprietários, seu agregado tradicional e convidados especiais, todos aflitos, com as caras esmagadas no vidro Blindex.

— Quanto a esses brancos do caralho... — ele jurava e os indicava com a cabeça estourada, estirando o pescoço ensanguentado, era questão de tempo para que alguém de organização criminosa, ou ele próprio mesmo, voltasse sem hora marcada e se vingasse, acabasse com a raça deles, com os requintes de crueldade de praxe da sua gente... — Vocês podem me prender, podem me bater e me foder, mas daqui a pouco eu estou aqui fora, na mesma rua de amarguras em que vocês passeiam com seus cachorros... E coisas muito ruins vão acontecer: eu sei. Eu juro!

Um chute de coturno chinês direto na cara do bandido, um dente é expelido por completo na calçada de pedras portuguesas (mais sangue...), e outra vez a mordaça lhe é enfiada na boca para que fique calado, pelo amor de Deus!

97. Homem-objeto

Já na primeira infância o pinto dele se destacava entre as crianças do orfanato. No campinho de futebol elas também se admiravam com o pinto dele. Jogava no time que quisesse. No vestiário da escola, faziam apostas, ganhava o pinto dele. Percebeu que o pinto dele valia dinheiro nessa época. A maioria das menininhas fugiam do pinto dele, outras (e alguns meninos femininos) o veneravam. Os amigos o queriam por perto como se o pinto dele fosse um talismã. Os inimigos se mantinham à distância, humilhados pelo pinto dele. Não é um pinto, é uma afronta! — reclamavam. Muitas brigas não aconteceram porque se tratava do pinto dele, é certo, porém outras foram ainda mais violentas e sanguinárias por causa disso, daquilo... O pinto dele dava o que falar. Todos queriam ver o pinto dele. Depois pegar, cheirar, lamber. Ele deixava. Pedia qualquer coisa em troca. Davam o que podiam. Era pouco, mas ele nunca foi de reclamar. Precisava trabalhar e as boates do centro o aceitavam. Ele mostrava o pinto num show que tinha concebido: entrava em cena pelado, com música de Charles Aznavour e, sentando-se numa pedra (cenográfica), imitava a pose do pensador de Auguste Rodin. Em poucos segundos, fazia o pênis erguer sozinho. Crescia até o topo cabeçudo sob os arrulhos da plateia. Depois, com uma lenta mudança nas luzes e na música (Barry White), começava a se mexer, se agitar, se contorcer e, então, para o espanto até daqueles mais versados em sacanagens, punha-se a chupar-se ele mesmo. Sim, senhoras e senhores! Mexia-se e metia-se até finalizar a apresentação, gozando com o pinto dele dentro da própria boca. Cuspia uma pequena parte para deixar claro o que tinha feito, mas engolia o resto.

— Nojo! — exclamavam homens e mulheres, em profunda admiração. Gritavam "Bravo!", assobiavam e batiam palmas em louvor. Pensava nessas ocasiões, se é que pensava, em ficar rico com o seu pinto, algum dia...

— Pode ser agora! Você tem um grande talento aí, rapaz — confirmavam os invejosos de pinto pequeno ou tarados, que fossem. Havia alguns advogados, assessores de políticos e outros profissionais do crime entre eles, gente que vive fazendo planos, e o pinto dele foi convidado para um estupro seguido de assalto.

— Que porra é essa? — quis saber, e lhe explicaram que o pinto dele seria utilizado como arma para constranger e eliminar qualquer reação em suas vítimas. Bastava pregar ferro nas bundas dos coitados. Ficariam todos bestializados com a cena, assim como ficaram excitados com a proposta até os bandidos mais velhos, presentes naquela ocasião: riam e brindavam, voltavam a ser crianças, como aqueles meninos e meninas do campinho de futebol e no banheiro da escola...

— Então? Você quer melhorar de vida ou ficar posando pra veado? — o salário era melhor do que na boate, e com perspectivas de ascensão na carreira, ele reconhecia, de maneira que aceitou.

— Tá bom — aceitou a participação especial naquele assalto. Foi o primeiro de muitos casos em que prestou serviços de estuprador, o filho da puta.

98. Hierarquia II

O velho cabo sente aquele arrepio na nuca e com toda a sua experiência confirma:

— O meliante, se for faccionado, pode muito bem fazer o que promete, o senhor sabe.

O outro torna a pedir que o cabo não o chame de senhor, mas de subtenente. Ele pega o telefone celular e liga para um aspirante a oficial que conhece de vista, mas responsável imediatamente acima na hierarquia. Narra as sérias ameaças que as equipes militares estavam sofrendo da suposta liderança criminosa. Pede providências. O aspirante, preocupado com os subordinados, amedrontado ele também, liga para o segundo-tenente que conhece. Passa a informação. Pede providências. Desliga. O segundo-tenente, é claro, liga de pronto para o primeiro-tenente a quem obedece e com quem se orienta nos meandros da polícia. Conta o que se passa. Pede providências. O primeiro-tenente não quer se meter em coisas do tamanho disso e liga para o capitão, ele sim fodão, para que tome as suas providências. O capitão, com toda sua autoridade, pego em casa e de pijamas, coitado (lembrem-se, é domingo), ele ainda hesita, teme tomar uma atitude muito autoritária, de cima para baixo, e liga a contragosto para um major, que está em viagem. O major lhe informou que passaria o final de semana numa casa de praia e só queria ser importunado num caso de extrema urgência, ou de vida ou morte. Pensando bem, era esse o caso, então, mesmo pensando nas contrariedades, o tal capitão liga para o major. O major, fazendo *cooper*, demora a atender. Depois atende ofegante e demora a falar. Não tem como tomar providências naquelas circunstâncias, acha; então, para não se comprometer com uma desordem qualquer, liga para o coronel que é responsável pelo policiamento de fato. O coronel responsável direto pelo policiamento, no entanto, ele não tem aquele cargo político, de ligação com o secretário de Segurança e com o seu superior hierárquico, o governador do estado. Eles sim, por serem civis e eleitos, são os que devem encaminhar uma solução definitiva para a ocorrência. Acontece que o coronel em questão não é localizado e fica por isso mesmo.

99. Sobre a democracia
(entre eles)

Conhecem os currículos e os pontos fracos uns dos outros e por isso é que têm as piores ofensas na ponta da língua. Agridem-se em artigos acadêmicos e recriminam-se em público, entrando em conflito aberto e ao vivo, se necessário. Vão à Justiça à cata de direitos que os demais teriam violado, segundo cada um deles. Ocupam cantos opostos das tribunas e calçadas, acusando-se e apontando-se os dedos indignados. São descritos como "forças antagônicas" pelos historiadores concursados e jornalistas políticos, são filmados em lados opostos nas mesas de negociações, os rostos contraídos em desafio mútuo, como se lutassem desde sempre entre eles, mas quem é do meio ambiente deles sabe muito bem que estão acima dessas aparências. E as descartam quando estão reunidos: trocam entre si as melhores oportunidades que aparecem no mercado, quando não se alternam nas mesmas vagas disponíveis, de onde só saem mortos ou gravemente feridos (por armas de fogo, facadas, esposas ou pelo fisco). Copiam-se os tais "planos de governo", "modelos de gestão" e só mesmo o cidadão comum, em sua ingenuidade crédula (ou burrice completa), pode imaginar que sejam inimigos de verdade.

100. Segurança pública II

— Secretário! Alô!
— Alô? Bom dia...
— Bom dia. Sou eu de novo...
— Algum problema com o nosso candidato?
— Não, secretário, o candidato está bem, até onde eu saiba... Ainda é a ocorrência na minha casa, da qual tratamos ontem à noite...
— Tudo resolvido, eu suponho?
— Mais ou menos, secretário.
— Você, a família, seus convidados estão bem?
— Acho que sim... O morto em breve será levado por um rabecão, enrolado num tapete. Também conseguimos descobrir a origem do delito, a cadeia dos culpados...
— Serão punidos! Exemplarmente!
— Com certeza, com certeza, eu posso ver. Acontece que o comparsa dele, o sobrevivente que atingimos na cabeça,

o que abatemos com vida, ele ainda está falando, nos ameaçando, deixando a todos aterrorizados...

— Que tipo de ameaças?

— Diz que é bandido experiente, com várias passagens pelo sistema penitenciário (isso parece ser verdade), onde teria se incorporado à facção criminosa sanguinária em ascensão do outro lado da cidade e se tornado líder entre eles. Afirma que conhecem o nosso passado (isso em parte é verdade), que ele ou seus prepostos vão voltar e se vingar do que somos e por tudo o que aconteceu aqui, que são capazes de descobrir não apenas o meu endereço para isso, levantar meus horários e hábitos como fizeram, mas o endereço e hábitos de todos os presentes: meu genro, meus funcionários e convidados e até mesmo dos nossos, seus, policiais, que vieram a mim, a vítima...

(Longo silêncio na linha. Respirações.)

— Se isso for verdade, e não temos como saber, pois existe uma alta rotatividade nessas organizações (muitos fogem para o exterior, são presos, perecem), se isso for verdade realmente, meu caro amigo, então é um péssimo sinal para os envolvidos...

— Assim o senhor me assusta!

— Fale baixo. Não precisa me chamar de senhor, nem alarmar a liderança que aí está... Ele está nos ouvindo neste momento, por acaso?

— Não, secretário...

— Pois bem: ele pode ser o que diz. Pode não ser... Quem sabe? Há muito tempo que os bandidos se infiltraram entre nossos policiais, muitas vezes nem nós mesmos, com nosso serviço de inteligência, conseguimos descobrir quem é quem... Ademais, suspeitamos que eles se infiltraram no serviço de inteligência.

— Deve haver alguma manei...

— Desculpe interrompê-lo, meu caro, nem eu, secretário de Estado à sua disposição, responsável pela segurança de milhões de pessoas, tenho como garantir que essas ameaças não vão se realizar.

— Cristo...

— Solução final mesmo, só uma...

(Longo silêncio na linha. Respirações.)

— Você mata mais este desgraçado, mate a seu gosto, não tem importância, mate em nosso nome, em nome de todos os presentes, e os meus homens se encarregam de tirar o cadáver daí: mais um, menos um, que diferença vai fazer na desova?

— Como assim?

— Ninguém precisa saber dos detalhes, nem vai sentir falta desse lixo de criatura, Deus nos perdoe, vai?

— Eu seria incapaz de uma coisa dessas!

— São detalhes que se ajeitam. Nesse caso, você pode falar com um dos nossos homens, alguém das equipes destacadas para a ocorrência, todos eles têm vasta experiência nisso, mas vai ter que oferecer uma "gratificaçãozinha", eu suponho... Alô? Alô? Está me ouvindo?

— Sim, sen... secretário.

— Tem certeza de que não ocorreu nada consigo? Nenhuma violência maior? Essa gente é degenerada!

— Não, secretário. Estamos todos assustados, mas bem...

— Entendi. Folgo em sabê-lo. Eu, o candidato, o partido, nós confiamos em você.

— Obrigado, senhor...
— Não tem de quê. Faça o que tem de ser feito. O resto, como eu disse, se ajeita.
— Secretário? Secretário?!
Fim da ligação.

101. Proposta indecente

Na cozinha, nos fundos da casa-grande, a velha empregada termina de preparar mais um café. É brasileiro, o pó. Ainda fumegante, ela escarra no líquido. O material boia e não se dissolve. Mistura então com uma colher de pau. Prepara bandeja grande com bule, xícaras, pires, colherinhas, açucareiro, adoçante (tudo nacional). Sai para o jardim ensolarado e ensanguentado. Serve os policiais que ainda estão ali, reunidos com o cadáver e o criminoso silenciado.

— Obrigado, obrigado... — os homens da lei estão bebendo e se regozijando do sabor daquilo, de ser preparado na hora, e, quando a mulher vê a aproximação do patrão, ela se retira, amedrontada, envergonhada, quem sabe?

— Senhores... — os policiais se empertigam atrás das xícaras e é por pouco que os inexperientes não batem continência ao dono da casa-grande. Paralisam os gestos no ar.

— O que aconteceu aqui não tem nome. Não é produto de gente normal, que almeja conviver em sociedade — a maioria dos policiais concorda de imediato, com movimentos sincronizados de cabeça e xícaras. Os mais jovens, a bem dizer. Os maduros se mantêm indiferentes, apenas bebericando, esperando o que vem, porque vem. Eles sabem.

— Diante das atrocidades de que fomos vítimas, certas penas da Justiça nos parecem muito pequenas, não é mesmo? Ínfimas para o que nos foi violado, quer dizer, violentado, isto é, isso tudo que aconteceu conosco... — ao velho cabo, por exemplo, retorna aquela sensação de que algo ainda mais desagradável está por acontecer. Sua intuição está correta.

— Ademais, nossas leis são lenientes, há os benefícios da progressão e, como o próprio meliante disse, em pouco tempo ele estará de volta às ruas com a sua sanha. As ameaças que faz a mim, à minha família, aos meus funcionários em geral e aos senhores em particular tornam esse problema comum, o da sobrevivência... — o proprietário aponta para o morto enrolado em seu tapete turco, como se ele pudesse garantir seus argumentos.

— Os senhores, melhor do que ninguém, sabem do que se trata quando eles prometem vingança, do que são capazes vermes desse tipo...

— Sim senhor — todos concordam e colocam as xícaras usadas num parapeito cheio de bromélias de Madagascar penduradas com arame de cobre chileno. O proprietário nota com desagrado, ele que paga com dinheiro vivo o jardineiro que a esposa contrata só para cuidar daquilo, essas plantas exiladas, sempre à morte, mas ele não fala nada, não reclama, não desvia seu foco do problema principal.

— Nosso secretário e seus instrumentos de poder, por maiores que sejam eles, não são suficientes para nos defender diante da maldade que será dirigida a nós, por certo, assim que possível, assim que as informações desse maníaco se espalharem na cadeia onde cair. Eles têm seus informantes em todas as penitenciárias, e agem aqui fora, como vemos nas redes sociais e na paz duvidosa dos nossos cemitérios. Haveremos de morrer como cães danados, fuzilados, na frente de nossas famílias?

A velha empregada, cozinheira, a garçonete, que seja, ela retorna e, de cabeça baixa, recolhe as xícaras usadas do parapeito de bromélias, para alívio (financeiro) do proprietário. Os homens da lei, acuados pelas palavras daquele patrão como não o eram pela realidade em que viviam, eles se juntam entre eles numa roda lúgubre, ensombrecidos, tentando partilhar calor, proteção, a coragem que houvesse: o que fazer?

— Aí é que está: solução final mesmo, há só uma... — longo silêncio. Respirações. — Senhores, por sugestão do secretário, que ele negará para sempre ter feito, nós, os senhores poderiam me livrar dele. Definitivamente.

— Como assim? — os mais jovens ainda fazem muitas perguntas bestas. É o que reconhecem o cabo e o subtenente.

— Sumir com os dois. Levar o morto e o vivo do meu mundo. Matar o segundo e desovar tudo, longe daqui, como de hábito... — mais silêncio e respirações. — Nós seríamos eternamente gratos. Também seria disponibilizada uma gratificação em dinheiro.

Os homens da lei trocam olhares, gestos e trejeitos, mas por não terem combinado nada antes, nenhum crime de morte, nenhum valor, eles não conseguem se entender... Precisam de uma reunião das duas equipes presentes à ocorrência no momento para deliberar.

— O senhor nos daria licença, doutor?

102. Proust questionnaire

Qual a ideia que o senhor tem da felicidade perfeita?
R: A ascensão.
Qual o seu maior medo?
R: A queda.
Qual o seu traço de personalidade mais deplorável?
R: A cobiça.
E qual o senhor mais despreza nos outros?
R: A concorrência.
O que o senhor mais valoriza nos amigos?
R: O silêncio total e absoluto.
Qual a sua jornada favorita?
R: Star Wars, a jornada nas estrelas.
Na opinião do senhor, qual a sua virtude mais supervalorizada?
R: A beleza.
Em qual ocasião o senhor mente?
R: Quando a verdade machuca meu objetivo maior.

O que o senhor mais detesta em si mesmo?

R: Reservo-me o direito de não responder a esta pergunta.

O que ou quem é o grande amor da vida do senhor?

R: A minha esposa, o meu partido, o meu país.

Qual o seu bem mais precioso?

R: A confiança dos meus eleitores.

Qual a qualidade que o senhor mais aprecia num homem?

R: A cobiça.

Qual é o seu o lema?

R: Se não pode juntar-se a eles, convença-os.

103. Bom dia, Cinderelo!

Não é um milagre de São Francisco de Assis, mas vai passar por isso: o evento que parece inexplicável é que o cão de estimação da raça pit bull, tido como morto (envenenado) pelos invasores, ele que estava mesmo quase imóvel sob o lençol ritual que a velha empregada pôs sobre ele, ele se mexe. Agita as patas. Ergue o pescoço sob o pano branco, desorientado. Pensa, se é que pensa, que está morto, no céu luminoso dos cães, mas de repente o mundo se abre num domingo ensolarado e uma daquelas que se dizem "sua dona", ela está erguendo o lençol e o abraça, trazendo-o de volta à vida. O cão abana o rabo, ignorante e quase feliz ao mesmo tempo, como a herdeira da casa-grande e a sua mãe que se aproximam. Ainda enjoado, o cão lambe as mãos das duas:

— Meu amor!

O tal milagre deste acontecimento, no entanto, pode muito bem ser explicado pela ciência: ou a quantidade de flunitrazepam ministrada dentro dos bolinhos de carne foi insuficiente (o cão está fora de forma, mais massa corporal do que o saudável), ou o medicamento estava com variações na sua composição química, vencido, ou ainda tinha origem num laboratório barato da periferia, genéricos de fundo de quintal, desses que amesquinham as doses estipuladas pelo governo... Por isso ou por aquilo, a potência do remédio foi comprometida, deprimindo o sistema nervoso do cachorro por um longo tempo, mas sem levá-lo ao colapso cardíaco fatal.

O fato é que contente mesmo (se vê pelo "sorriso do rabo", como disse o poeta), o pit bull fica quando reencontra a velha empregada na cozinha.

Aninham-se.

104. Proposta indecente II

Os policiais foram convidados a sentar no sofá da sala, o maior deles, onde cabem as duas equipes de homens fardados com o devido conforto. São seis deles na ação agora (um subtenente, um cabo e quatro soldados). A velha empregada continua de cabeça baixa, mas serve a todos de mais café preto (colombiano) e bolinhos de chuva recém-fritos, polvilhados de açúcar de confeiteiro. As louças importadas e os restos de comida, com reboco e sangue, a sujeira toda já havia sido levada por ela para a cozinha, mas ainda se viam as marcas da violência nas paredes e no chão de tábuas de primeira. Lá fora, do lado oposto da piscina em que se encontra o cadáver enrolado no tapete turco e o bandido manietado, estão os convidados, a herdeira, seu namorado e sua mãe, sentados ao redor de uma mesa de ferro rústica, de Minas Gerais. Um grupo não pode ouvir o outro através da porta de vidro Blindex. Os homens da lei confabulam entre si e contra o proprietário, de certa maneira, num debate em que surgem algumas divergências, a saber: os policiais que já partiram com o filho da empregada teriam direito à remuneração extra? A remuneração seria a mesma do que a oferecida para aqueles que permanecerem até o fim da ocorrência? Os que se livrarem dos corpos ganham "um plus"?

O dono da casa não quer ver ninguém menos feliz do que ele, tem recursos o bastante para pagar pelo silêncio alheio e o dele próprio, mas também não quer gastar mais do que o necessário com isso — já foi dito, aliás...

Quanto vale a minha reputação? — ele se pergunta por dentro. Pensa no dinheiro e nos valores que tem em casa, em sua família. É uma luta de classes, essa queda de braço, e os policiais têm a seu favor a possibilidade de destruir o que o proprietário era, é, quem sabe?

— Quanto vale a sua reputação? — pergunta o cabo, com todo o respeito. Afinal, o combinado, o que fora comandado de cima pelo rádio, lembra a todos, era que "resolvessem a ocorrência em definitivo", o que ele supunha ser o atendimento das vítimas, a desova de um assaltante morto em legítima defesa e a remoção dos vivos que houvesse para um distrito, para que o sistema judiciário se encarregasse da burocracia de ouvi-los, vigiá-los e puni-los. Era apenas isso, ele acha, achava. Um serviço de rotina entre eles: não?

Então, aquele soldado branco, o mais ousado, com bom potencial de crescimento na carreira, ele se sente no direito de fazer uma proposta em dinheiro, ou cheques, que seja. Fala e espera:

— O que o senhor acha?

É uma quantia elevada, na opinião do dono da casa, mas ele não chega a se manifestar.

— Matar não estava nos nossos planos neste final de semana, doutor, compreende? — se intromete o subtenente. Até por uma questão de hierarquia, ele assume a liderança dos argumentos, da extorsão. É uma luta de classes, se vê, mas a classe dominante, apesar das fardas e armas de uns deles, é a do outro, a dos proprietários de casas-grandes:

— Eu sou a vítima, senhores, compreendam vocês o meu abatimento e façam um desconto, pelo menos!

Alguns policiais, os que se sentem menos pobres, eles se mantêm mais reticentes. Argumentam, por exemplo, que hoje em dia todo mundo filma tudo com os telefones: vai que, de repente, eles estão executando e desovando o corpo num canto e tem lá um engraçadinho com uma câmera...

Pronto: vão ser expulsos da polícia, perder todos os diretos trabalhistas que acumularam nesses anos:

— O senhor que trabalha com propaganda política entende uma coisa dessas...

Para os recalcitrantes, o trabalho que teriam e o risco que correriam com aquela encomenda exigiam prêmios ainda maiores do que os debatidos naquele momento, e um novo impasse parece que vai se estabelecer...

105. Proposta indecente III (desfecho inesperado)

Não. Se é impasse, dura pouco. E não é resolvido por nenhum deles, nem pelo dono da casa-grande, nem pela tropa de homens da polícia em reunião na sala, mas pelo grupo que se encontra do outro lado, na piscina. A velha empregada, seguida pelo cão fora de peso, ela serve os convidados e os patrões com café e bolinhos polvilhados de açúcar. Aproveita para informar que a discussão lá dentro envolve a suposta dificuldade de matar o que está vivo. E, para surpresa de todos que estão ali, inclusive dos homens fardados no sofá que através do vidro assistem a tudo, é ela, a proprietária, quem vira esse jogo:

— Chega! É domingo, estou exausta!

Em seguida, a mulher comanda a empregada, os convidados, o genro e a filha para ajudá-la a fazer "o que precisava ser feito"... Dito isso, é como um choque que tomassem:

eles se erguem e partem uníssono, dão a volta na piscina e, usando mãos e pés, aos tapas e chutes, desajeitados, mas eficientemente, eles empurram para dentro da água o bandido amarrado e amordaçado. O cachorro redivivo late e abana o rabo, em êxtase.

106. O assassinato propriamente dito

Com o impulso violento que lhe é dado por tanta gente determinada a exterminá-lo, o corpo ainda vivo bate na água e gira algumas voltas. Latidos ao longe. A resistência natural da piscina, que é plácida, foi rompida, mas, com a rotação descontrolada, o bandido ainda se mantém um tanto à superfície. É por pouco tempo. O dono do corpo não sabe nadar, nem se comportar na água fria, de forma que os seus movimentos descoordenados não ajudam a se manter à tona. Boiaria talvez, se tivesse calma, ou paciência de esperar, porém esta é a hora dele, parece ter pressa de partir e, com as roupas e sapatos molhados, as mãos e os pés amarrados, a boca se encharcando com o guardanapo egípcio que ele cospe apenas para encher a garganta no refluxo com a mistura química, clorada, mais o desgaste das últimas horas, as porradas, o corpo dele se cansa também de tudo isso, ora, vai se cansando, afunda, vai afundando com as últimas tentativas de nadar, respirar. Um espasmo. Outro. É uma agonia testemunhada em silêncio e paralisia pelos demais. Sobem fios vermelhos das velhas feridas, coitado, o sangue pisado e repisado de quem quer sobreviver, se agita para alcançar, e quanto mais ele deseja esta vida, a mesma vida que tem, quanto mais ele espadana, tanto mais seu corpo desce, vai ao fundo, não adianta, é areia movediça, não adianta, até que ele desiste. Afinal, tudo tem um ponto de ruptura. Pronto. Chega. Morre, desgraçado filho de uma puta!

107. Passa o filme da sua vida II

Com o cloro que lhe queima os olhos e a água que lhe invade a garganta, de súbito, de susto, vem também esse gosto meio doce e meio ácido que ele reconhece como um gosto de si mesmo, pensa, se é que pensa, porque logo vêm à lembrança tantas coisas que atordoam o próprio pensamento dentro da sua cabeça: é o colo da mãe desconhecida, um perfume de terra e óleo 40, pólvora e peixes se debatendo numa rede, velas acesas, Deus no escuro, queijadinha, ligação direta, passes, padres, macumbas, jogos de bola, exposição do exército, frustração, calça boca de sino, muros pulados, fuga de cães raivosos, um tamanco na cara, uma facada no braço esquerdo, bafo de barracos, um arrepio de desejo, ovo, água e farinha, a ponta dos dedos dentro de uma boceta molhada, um belo charro de maconha e cocaína aspirada, carrinhos que dão trombadas em cruzamentos, uma roda-gigante que salta do eixo, uma filha e escolas abandonadas, pedras no caminho, tiroteios e mais disso e daquilo, ele lembraria; é um homem-feito, pouco menos do que um velho, mas a garganta está fechada num espasmo que nem ar, nem água entram, e quem o visse ali nas profundezas poderia pensar que esboça um sorriso naquele rosto vincado de incertezas... É rápido, e só se prestassem atenção, mas reina soberana a sua solidão no fim de tudo, o zurro dos elementos, sirenes, palavrões e vozes de comando lançadas ao além, aqui embaixo ele está afundando, mergulhado, não consegue ouvir direito, mas há lá embaixo este buraco que o traga, que o leva mais e mais para o fundo e logo tudo se apaga. Chega. Pronto, ele morre.

108. Vida que segue

Lavar as pedras do passeio (usar creolina), trocar a água da piscina (reforçar o cloro), lixar o sangue do chão da sala, envernizar, comprar um novo tapete turco, vasos de estanho, pratos de cerâmica, recuperar as plantas ornamentais do jardim, passar massa corrida nos orifícios de bala, passear com o cachorro, trocar a senha do portão. Agora é possível ouvir os pássaros. No cruzamento à entrada do bairro sofisticado, os vigias particulares retornam para o círculo de sofás e cadeiras destroçadas. Para eles, é um novo dia de trabalho. Uma ambulância que se aproxima (sem sirene, é muito cedo, não querem incomodar) pergunta pela casa-grande. Os paramédicos particulares são devidamente instruídos.

Na mesa da sala, um café da manhã foi servido (pães, frios, queijos, ovos mexidos, sucos, frutas, flores, manteiga francesa). Reinam os perfumes da comida fresca e o silêncio quanto aos fatos recentes. A velha empregada retorna para a cozinha, onde toma café com leite em pé, na pia, sem querer incomodar.

Através dos vidros, se pode ver quando os funcionários do Instituto Médico Legal, com luvas cirúrgicas (reutilizadas), recolhem os cadáveres da ocorrência ao rabecão. O veículo está cheio de corpos. Na madrugada de sábado para domingo, morrem como moscas.

Logo o proprietário e seus convidados se despedem, marcando um encontro para os próximos dias (vão se acertar). Os portões da casa-grande se abrem e se fecham. Até o casamento do escritor e da antropóloga vai melhorar, mas será apenas por um tempo (até que a fã estuprada pelo autor promissor num estacionamento de hotel do interior do estado telefone para lhe informar que é menor de idade, que está grávida do seu marido, que é contra o aborto e vai ter a criança).

O proprietário, o senhor da casa, ele retorna, entra e se fecha no escritório/biblioteca. Movendo um conjunto de livros falsos (são pedaços de madeira encadernados), abre-se uma reentrância na parede. Ali se encontram empilhadas uma dúzia e meia de malas de viagem (tamanho médio). Ele abre uma delas. Está cheia de notas de dinheiro (nacionais e estrangeiros). Exatos 10 milhões em cada uma delas (estão etiquetadas com os valores).

Quando a sua própria esposa entra, o homem reage, num impulso natural de se esconder. A mulher se aproxima e lhe entrega o telefone celular. É o candidato à Presidência da República assessorado pelo homem. Ele acaba de acordar neste domingo e recebeu as notícias preocupantes; quer saber da saúde do assessor, se tinha acontecido algo com ele ou com a sua família...

E, ainda assim, mesmo a essa altura, depois de todo o ocorrido, ele, o assessor, preocupado em não incomodar o seu candidato, talvez, ele segue assegurando que não, que não lhe aconteceu nada, que estão todos perturbados, mas que vão superar o trauma. Em seguida, como se cochichasse no próprio telefone, o virtual futuro presidente da República, ele quer saber dos recursos financeiros ilegais da campanha, se tinham sido localizados pelos criminosos...

Não sem certo orgulho, o seu assessor político diz que não, que todo o dinheiro deles, da campanha que seja, tinha sido preservado, assegurado, por ele, em sua casa, seu refúgio e esconderijo. Estava à disposição do candidato, como sempre.

Ele agradece. O assessor desliga. Sua esposa o enlaça pelas costas, num abraço carinhoso.

É um domingo radioso no país deles, senhoras e senhores.

Este livro foi composto na tipografia Warnock Pro
Regular, em corpo 11/15, e impresso em papel
off-white no Sistema Digital Instant Duplex da
Divisão Gráfica da Distribuidora Record.